# LES GENS DE SHENZHEN

Marchand de feuilles
C.P. 4, Succursale Place d'Armes
Montréal (Québec) H2Y 3E9 Canada

www.marchanddefeuilles.com

Graphisme de la page couverture : Isabelle Toussaint
Illustration de la couverture : *Nephelium Lappaceum,*
C. Muquardt, 1880
Mise en pages : Roger Des Roches
Révision : Annie Pronovost
Diffusion : Hachette Canada / Distribution : Socadis

Marchand de feuilles remercie le Conseil des Arts du Canada et la Société de développement des entreprises culturelles ( Sodec) pour leur soutien financier. Marchand de feuilles reconnaît l'aide financière du gouvernement du Canada par l'entremise du Fonds du livre du Canada (FLC) pour ses activités d'édition et bénéficie du Programme de crédit d'impôt pour l'édition de livres (Gestion Sodec) du gouvernement du Québec. Nous reconnaissons l'aide financière du gouvernement du Canada par l'entremise du Programme national de traduction pour l'édition du livre, initiative de la *Feuille de route pour les langues officielles du Canada 2013-2018 : éducation, immigration, communautés,* pour nos activités de traduction. Nous reconnaissons également l'aide financière du gouvernement du Canada par l'entremise du Programme national de traduction pour l'édition du livre pour nos activités de traduction.

Conseil des arts du Canada — Canada Council for the Arts — Financé par le gouvernement du Canada. Canada — Société de développement des entreprises culturelles Québec

Catalogage avant publication de Bibliothèque et Archives nationales du Québec et Bibliothèque et Archives Canada

Xue, Yiwei, 1964-
[Chu zu che si ji. Français]
Les gens de Shenzhen
Traduction de : Chu zu che si ji.
ISBN 978-2-923896-78-6
I. Plomer, Michèle, 1965- . II. Titre. III. Titre : Chu zu che si ji. Français.
PS8646.U4S46142017 C895.13'6 C2017-941432-1
PS9646.U4S4614 2017

Bibliothèque et Archives nationales du Québec
Bibliothèque et Archives Canada

XUE YIWEI

# LES GENS DE SHENZHEN

*Traduction par Michèle Plomer*

[FŒJ]
ÉDITIONS
MARCHAND
DE FEUILLES

*À cet Irlandais qui m'inspire*

# La mère

J'ai décidé de ne pas l'accompagner jusqu'au poste frontalier de Hong Kong. J'ai prétexté la fatigue. Il a semblé vouloir me dire quelque chose, mais il s'est ravisé et s'est occupé de sa valise. Je la lui avais offerte pour son anniversaire, cinq ans auparavant. Depuis, elle lui servait pour ses allers-retours hebdomadaires. Il ne m'avait jamais dit qu'elle lui plaisait. Il ne faisait pas de remarques sur les cadeaux que je lui offrais. Il ne me disait jamais grand-chose, pas même qu'il m'aimait. Il a glissé une liasse de documents froissés entre ses chemises et ses sous-vêtements et a fermé la valise. Puis il a tapoté les poches de son pantalon et de son veston pour s'assurer qu'il n'oubliait pas son portefeuille ou sa carte d'identité, geste caractéristique signalant son départ. « N'oublie pas de faire tes devoirs ! » aboya-t-il en direction de la chambre de notre fils. Ce dernier venait de me demander s'il pouvait nous accompagner au poste frontalier. Lorsque je lui avais dit que je n'y allais pas, il avait eu l'air étonné. J'avais coupé court en lui rappelant qu'en ce moment, rien n'était plus important que ses devoirs de mathématiques. Il était retourné dans sa chambre en faisant la moue. La veille, son professeur particulier m'avait expliqué que malgré tous ses efforts, notre garçon ne maîtrisait pas encore les étapes de conversion des nombres décimaux périodiques en fractions.

Comme toujours, il a fait claquer la porte antivol, une lourde porte grillagée qui se verrouillait avec une clé carrée. Ce son métallique, comme le caractère éteint de mon mari, ne m'avait jamais dérangée. Mais le dimanche précédent, ce fracas auquel je n'avais jamais porté attention m'avait donné la nausée. Dans le taxi qui nous emmenait au poste frontalier, j'avais été incapable de parler. Je n'avais même pas lancé mon sempiternel *Sois prudent !* ou *Fais gaffe à ton portefeuille !* – toujours la dernière phrase que je lui adressais avant qu'il ne se fasse avaler par la foule. Ce son horripilant avait supplanté tout le reste. Je n'avais pas émis le moindre mot. Devant la grille du poste de contrôle, il m'avait dit comme à l'habitude : « Allez, rentre à la maison maintenant. » J'avais tourné les talons sans mot dire, pressée de regagner notre appartement. À nos débuts, quand je l'accompagnais à la frontière, je ne serais jamais partie sans me retourner pour le voir s'éloigner. Il était de petite stature et sa silhouette se faisait rapidement engloutir par la foule grouillante. Je me retournais quand même, me disant que je pourrais l'apercevoir, et qu'il sentirait mon regard sur lui. Je me souviens parfaitement de ces jours-là. Mais les dernières fois, je ne me suis pas retournée. Je ne sais plus exactement à quel moment j'ai cessé ce rituel. Cela s'est fait de façon naturelle, sans que je m'en rende compte. Les dernières fois, après l'avoir quitté, j'ai simplement marché en automate vers la sortie, plus consciente des gens que je croisais – touristes curieux et marchands désœuvrés – que de lui qui s'éloignait. Inquiète que mon fils soit en train de perdre son temps devant la télé au lieu de s'appliquer à ses travaux scolaires, je me hâtais de rentrer pour l'avoir à l'œil.

Cet après-midi a marqué une nouvelle étape dans l'effritement de nos habitudes. Je ne l'ai accompagné que jusqu'à l'ascenseur. Comme les semaines précédentes, je n'ai pas prononcé mes paroles coutumières d'au revoir. Une fois, il avait perdu son portefeuille à la douane, alors je me faisais en général un devoir de lui rappeler d'y faire attention. Il lui avait fallu six mois pour s'en remettre. Pas à cause de la perte de sa carte d'identité ou de ses cartes bancaires, mais parce que son portefeuille contenait une photo de notre fils à trois ans. C'était sa photo préférée. Il était convaincu que l'odieux personnage qui avait mis le grappin sur son portefeuille avait déchiré la photo en mille morceaux qu'il avait jetés dans le caniveau.

Dans son esprit, c'était une forme d'agression contre notre fils. Cela lui avait pris une demi-année pour se libérer de cette fixation.

Chaque fois qu'il parlait de notre fils, c'était pour rappeler à quel point il était sage quand il était bébé. Ce n'était pas pour faire l'éloge de son enfance, mais pour exprimer sa déception envers le présent. Je n'arrivais pas à comprendre si cette nostalgie obstinée signifiait qu'il ne s'intéressait plus au développement de notre garçon ou si au contraire, cette question le préoccupait trop. Père et fils ne s'étaient pas vraiment parlé, n'avaient pas véritablement échangé depuis que ce dernier avait atteint la puberté. Je me suis demandé pourquoi il avait voulu nous accompagner à la frontière. Il avait douze ans et n'avait jamais émis ce désir auparavant. Toute sa vie, il n'avait vu son père que les week-ends. Cet homme agissait en invité ponctuel dans la vie de son fils plutôt qu'en père que le destin lui avait choisi. Lorsqu'ils se voyaient, il s'informait de ses examens scolaires de la semaine et voulait savoir comment il s'en était tiré. Des questions superficielles qui n'attendaient pas de réponse, comme une causerie mondaine. Notre fils n'adulait ni ne craignait son père, car ce dernier n'avait jamais pris aucune responsabilité envers lui et ne lui demandait rien. Parents et amis déclaraient que c'était un bon père et un bon époux, puisqu'il retraversait toujours la frontière le vendredi soir et nous sortait dans un restaurant chic.

Notre fils choisissait invariablement une place à côté de moi. Parfois j'en profitais pour partager mes inquiétudes à son sujet. Il négligeait ses études et était obnubilé par le petit écran. La réaction de son père était toujours la même. Il le fixait et le critiquait sans grande originalité. Il répétait des phrases vides telles que « Comment peux-tu ainsi perdre ton temps ? » « C'est inacceptable ! » Bref, des paroles qu'on adresse à un subordonné et non pas à un enfant. Notre fils ne répondait jamais. Il réagissait en se plaignant de la nourriture du restaurant, disant que rien n'avait meilleur goût qu'un repas maison. Il aurait préféré rester seul à l'appartement, je le savais bien. Il ne voulait pas manquer une certaine émission de télé qui l'obsédait.

En revenant de l'ascenseur, je me suis dirigée directement vers la fenêtre de ma chambre à coucher, qui donnait sur la grande place asphaltée devant le complexe d'habitation. Elle fourmillait toujours du va-et-vient des piétons et des automobiles. J'ai suivi du regard mon mari qui marchait rapidement vers un taxi en attente. Depuis des années, il arrivait et repartait sur un rythme monotone, sans émotion. Moi-même, j'étais devenue froide, je n'éprouvais plus aucun sentiment à son égard. J'avais prétexté la fatigue pour ne pas l'accompagner jusqu'à la frontière, car je me sentais absolument incapable de m'asseoir une fois de plus à ses côtés dans le taxi. Ou plus précisément, de m'asseoir à côté de lui en silence. Je n'avais plus la moindre envie de lui parler. Je me sentais perdue et vide. D'une certaine façon, j'avais rapproché la frontière de Hong Kong de notre tour d'habitation en le quittant à l'ascenseur. J'avais tracé une nouvelle frontière entre nous. Le claquement de cette lourde porte me renvoyait à l'abîme de mon existence. Je n'aurais jamais cru que j'en arriverais là.

Soudainement, la voix de mon fils, qui provenait de sa chambre, m'a fait sursauter. Il me criait que son père était monté seul à bord d'un taxi. Lui aussi l'épiait de sa fenêtre. Une inquiétude m'a envahie. Qu'est-ce qui avait poussé mon fils à demander d'accompagner son père ? Peut-être aurais-je dû le laisser y aller. Je n'étais plus certaine de rien. Je lui avais dit d'arrêter de perdre son temps et de se concentrer sur ses mathématiques.

Je ne suis pas allée voir s'il s'était rassis à son bureau. Je ne voulais pas quitter ma chambre. J'avais absolument besoin de voir le taxi disparaître. Derrière cette fenêtre, j'adoptais la posture d'attente familière. Une attente à la fois terrible et brûlante, sorte d'anticipation qui me saisissait corps et âme, et qui seule me permettait d'échapper à l'oppression de ma vie quotidienne. Comme chaque fois que je l'observais par la fenêtre, je me cachais derrière le rideau pour ne pas qu'il m'aperçoive. Comme si l'apparition de ce mystérieux camion de déménagement n'avait pas eu lieu jeudi dernier. « Il ne m'a sans doute pas remarquée », me disais-je, consciente de mon ridicule. Sans doute ne me remarquerait-il jamais. Ce rideau empestait la poussière. Je ne l'avais jamais lavé de peur de réveiller l'odeur de ma jeunesse empoussiérée, l'odeur de cet homme mystérieux que j'avais aimé. L'homme de la fête des Lanternes. Quand je le voyais marcher sur la grande place, ma jeunesse remontait à la surface. Un mal-être adolescent s'emparait de moi. Un jour, le souvenir finirait par m'étouffer.

Je l'avais remarqué pour la première fois à l'automne, à la fête des Lanternes. Le comité des loisirs du complexe d'habitation avait organisé une célébration traditionnelle haute en couleur. Il était assis sur ses talons, essayant de résoudre avec sa fille l'énigme des lanternes qui échappait à tous. Son bras entourait les épaules de la fillette, et ils étaient presque joue contre joue. Il souriait de la voir réfléchir avec autant de sérieux. Jamais je n'avais vu un sourire aussi radieux, le genre de sourire qui donnait aux lèvres toute leur sensualité. J'étais tétanisée. Je redécouvrais l'anticipation, ce sentiment de désir flou mêlé à l'attente qui m'avait habitée pendant mon adolescence. Et avec elle, la maladresse de ma jeunesse est réapparue. Ou plutôt elle m'a envahie de nouveau, si bien que je ne sais pas comment j'ai réussi à traverser la foule dans la lueur des lanternes et le brouhaha de la fête pour regagner la quiétude de ma chambre à coucher. Je me suis étendue sur le lit et j'ai effleuré mes seins pendant que des larmes chaudes coulaient dans mes oreilles. Je me sentais trahie par le temps, par mes origines. J'avais bien sûr vécu plusieurs fêtes des Lanternes, mais celle-ci avait changé ma vie. À partir de cette soirée-là, je n'ai vécu que pour le revoir. Je souhaitais que chaque jour soit un jour de fête. Dissimulée derrière le rideau poussiéreux, je laissais errer mon regard sur la place devant notre complexe. Même les vendredis où j'aurais dû guetter le retour de mon mari, je cherchais parmi les piétons l'homme de la fête des Lanternes. Il déambulait toujours avec sa fille, son bras posé affectueusement sur ses épaules étroites. Toujours en grande conversation. Je rêvais de les entendre, de connaître le partage entre un père et son enfant. J'aurais voulu saisir des bribes de leurs propos comme une passante, et me joindre en toute simplicité à leur discussion. Je rêvais même qu'un jour, ils parlent de moi.

Un soir, saisie d'un élan aussi inexplicable que soudain, j'ai décidé de mettre mon rêve en action et de les rejoindre, comme par hasard, sur le chemin de leur balade quotidienne. À l'heure où je les apercevais habituellement de ma fenêtre, j'ai lacé mes sandales et quitté l'appartement à la course, prenant toutefois soin de ne pas faire claquer la porte antivol. Je ne connaissais pas le trajet qu'ils empruntaient au-delà de mon champ de vision du dix-huitième étage. Mais au moment où je quittais l'ombre de ma tour, un souffle de vent frais et mystérieux a caressé mon visage, portant avec lui cette information. Je me suis dirigée vers l'est, j'ai dépassé la rangée de hauts pins et je les ai aperçus. Je n'ai pas osé trop m'approcher. Je me suis contentée de les suivre de loin. Mais bientôt, un flot de doutes et ce manque de confiance éternel se sont emparés de moi. À quoi bon les rejoindre, puisque je ne saurais ni quoi leur dire ni même comment me tenir. Mon cœur s'est mis à cogner si fort dans ma poitrine que j'ai dû m'arrêter à quelques reprises pour me calmer. Je n'ai pas réussi à maîtriser mon angoisse et me suis résignée à les laisser s'éloigner. Une fois encore, j'étais spectatrice de la vie dans cette ville.

J'ai avalé une grande bouffée d'air moite et repris le chemin des hautes tours en essayant de comprendre mon impulsion irraisonnée, en me disant que je n'avais voulu que m'approcher de lui, qu'exister pendant quelques instants dans son sillage. Maintenant, chacun de mes pas m'éloignait de la possibilité d'un contact. Chacun de mes pas me détachait de la réalité et me faisait basculer dans le rêve. Petit à petit, mon rythme a ralenti, comme si je foulais le sol avec de lourdes bottes lunaires. La certitude que je ne le croiserais plus jamais dans cette ville m'a emplie de désarroi, mais en même temps, j'étais convaincue que je le rencontrerais un jour dans une cité imaginaire où ma timidité s'évanouirait. Il me remarquerait et nous marcherions l'un vers l'autre. Moi, droite, fière et irrésistible. Prête à vivre avec lui un deuxième printemps.

Je suis rentrée à la maison, ayant perdu toute notion du temps. Il était tôt le matin, et mon fils dormait profondément. On aurait dit que je revenais d'un voyage spatial, que je flottais dans un état d'épuisement surnaturel. Je me suis couchée sans prendre de douche. Mon corps était empreint d'une odeur qui venait d'un autre monde. Je voulais conserver ce parfum sur ma peau et dans ma mémoire pour toujours. Non seulement pour me souvenir de lui, mais aussi pour me rappeler de ne plus me perdre dans les méandres de ma timidité, dans la monotonie de ma vie de couple. Je n'ai pas vérifié si mon mari avait essayé de me joindre au téléphone. Pour la première fois, je m'en fichais. Couchée dans mon lit, l'attente a recommencé. Je me suis assoupie dans l'expectative chimérique que l'homme de la fête des Lanternes m'appelle de ce monde imaginaire, de ce lieu où il savait que je le suivais des yeux et où mon regard traçait sans ambages un chemin jusqu'au fond de son cœur. Je me suis endormie avec sa respiration mêlée à la mienne, nos corps moites en parfaite union.

La sonnerie du téléphone m'a réveillée. Les chauds rayons du soleil matinal s'étaient accumulés dans le creux d'un oreiller traînant près de ma tête. Mon voyage imaginaire de la nuit précédente était perdu au fond de mes pensées, alors j'ai répondu au téléphone de la même voix neutre qu'à l'ordinaire. Quelques cheveux sur l'oreiller ont déclenché un malaise, un doute sur mon rêve.

À ma grande surprise, l'homme à l'appareil était un de mes anciens compagnons de classe. Nos fréquentations avaient été des plus innocentes, mais je le considérais comme mon premier amour. Malheureusement, sa mère avait découvert nos sentiments l'un pour l'autre et s'était violemment opposée à notre idylle. Après avoir tenté par tous les moyens de nous humilier, mes parents et moi, elle avait finalement transféré son fils obéissant dans une autre école. Même si j'attendais cet appel depuis des lustres, ce matin-là, j'avais perdu tout intérêt à son égard. Je ne vivais que pour l'homme de la fête des Lanternes.

– Ça fait presque vingt ans, a-t-il dit, la voix tremblante d'émotion.

– Je n'ai pas vu le temps passer, ai-je mollement répondu.

– Tu ne sens pas le poids des années ?

– Je ne sens rien.

– Ces vingt ans m'ont paru une éternité.

J'ai pris délicatement les cheveux sur l'oreiller et les ai pincés entre mes doigts comme des épices. Un parfum étranger s'en est dégagé, ravivant le flot des sentiments ressentis la veille. J'attendais un coup de fil, mais pas celui-là.

– On était tellement bien, a-t-il ajouté d'une voix plus agitée.

– De quoi parles-tu exactement? lui ai-je demandé pour lui signifier mon impatience.

– De nous deux. De la force vive de nos sentiments mutuels. Tu n'as quand même pas oublié.

– En toute franchise, je me souviens seulement de n'avoir rien ressenti pour toi.

Mes mots brutaux ne l'ont pas empêché de me raconter sa vie. Une force irrésistible semblait le pousser à me montrer qu'il était malheureux, à m'avouer que depuis des années, il ne se sentait heureux que lorsqu'il pensait à moi. Je lui ai coupé la parole en lui disant que rien de tout cela ne m'intéressait, que plus grand-chose, en fait, ne m'intéressait. Mais chaque fois, il revenait après bien des détours à son histoire, à ses aveux. En bref, ses enfants étaient exceptionnels et sa femme, irréprochable, mais il ne se sentait pas entier. Sa vie ne correspondait pas à ce qu'il aurait souhaité. Ce qu'il me racontait ressemblait à un mal généralisé dans cette ville. Il a fini par venir à bout du peu de patience que j'avais et je lui ai dit que j'attendais l'appel de mon mari. Un silence s'est fait entendre pendant quelques secondes. Puis il s'est remis à parler avec la force du désespoir, m'avouant qu'il m'avait cherchée pendant toutes ces années. Il me demandait d'une voix chevrotante si je pouvais m'imaginer les difficultés de cette quête et la manière dont il avait fini par trouver mon numéro.

– Rien de tout cela ne m'importe, au revoir, ai-je répondu d'un ton froid avant de couper la communication.

Le seul amour qui m'importait désormais était celui de ce lieu imaginaire. Tout ce qui m'intéressait, c'était *lui*. Si, sur mon passage, mon regard ne suffisait pas pour qu'il me remarque, j'y joindrais un long soupir pour attirer son attention. J'imaginais son bras quitter les épaules de sa fille, alors qu'il se retournerait vers moi pour me demander la raison de ce soupir. Mais quelle serait ma réponse ? Lui dirais-je à quel point j'étais malheureuse ? Tous trouvaient pourtant que je menais une vie heureuse. J'avais épousé un homme vaillant qui travaillait fort de l'autre côté de la frontière pour nous donner une vie de qualité. Il revenait tous les vendredis soir et nous emmenait souper dans un restaurant raffiné, et il se ralliait à moi lorsque je réprimandais notre fils. Pouvais-je appeler cela le bonheur ? Je comprenais à quel point j'étais misérable, prisonnière d'une cage à la lourde porte de fer. Néanmoins, je ne lui avouerais rien de mon drame, pour ne pas ternir la perfection de notre rencontre avec les ratés de mon existence. Pour rien au monde, je ne lui ferais perdre son sourire parfait. En fait, je voudrais lui répondre « Vous me faites soupirer », mais je savais que dès le moment où j'ouvrirais la bouche, mon angoisse reviendrait au galop, envahirait mon corps une fois de plus et ruinerait tout. Je devais trouver le courage de répondre « Vous me faites soupirer. »

Mais je ne l'ai jamais approché. Je n'ai fait que l'épier de ma fenêtre, et nourrir mes espoirs par l'attente et le rêve. Parfois, j'imaginais une femme à ses côtés, ou me demandais s'il en avait une. Sa fille était dans la même classe que notre garçon. Il m'a parlé d'elle à plusieurs reprises et mentionné que son père était professeur d'économie à l'université et son grand-père, un général réputé. Ces informations ne faisaient qu'accentuer l'écart qui nous séparait. Mais cette odeur onirique persistait depuis ce soir-là et nourrissait mon espoir qu'il s'arrête un jour à mes côtés pour partager son univers avec moi.

En fait, cette idée m'obsède. Voilà pourquoi j'ai subitement décidé de ne pas accompagner mon mari au poste frontalier cet après-midi. Parce que je crains de passer à côté des mystères de son monde. Cela fait trois jours que je ne les ai pas vus, sa fille, lui et son sourire parfait. Mais personne ne m'a confirmé son départ, alors je ne perds pas espoir de le revoir, de retrouver toute l'émotion de mon adolescence.

Jeudi dernier, alors que je revenais du marché, j'ai vu sa fille pour la dernière fois. Un camion de déménagement était garé devant leur tour. Je n'ai pas osé demander aux badauds ce qui se passait, et j'ai couru à mon poste derrière le rideau pour évaluer cette situation à laquelle je n'étais pas préparée. Une petite voiture est arrivée et s'est arrêtée à la hauteur de la fille. La portière s'est ouverte et elle s'y est engouffrée. J'ai pressé le rideau sale contre mes narines tremblantes et j'ai éclaté en sanglots. À travers mes larmes, j'ai vu la voiture repartir. Puis le camion s'est mis en route... On aurait dit que j'assistais à la fin de mon existence. Je n'osais pas imaginer à quel point les prochaines nuits seraient froides...

J'étais plantée devant la fenêtre, hébétée, lorsque mon fils est entré en trombe dans ma chambre.

– Quelque chose vient d'arriver à la famille de mon amie.

– Quoi au juste ? ai-je soupiré, désespérée, sans prendre la peine de lui demander de qui il parlait.

Il l'ignorait. Il m'a regardée tristement, comme s'il voulait s'excuser pour mes yeux rougis et boursouflés.

– Le professeur nous a seulement dit qu'elle devait déménager subitement à cause de raisons familiales.

– Elle est déjà partie, lui ai-je annoncé d'une voix morne.

Pour moi, c'était l'homme de la fête des Lanternes qui était déjà parti. Plus jamais je ne l'apercevrais de ma fenêtre qui avait été témoin de tant d'espoir. Le monde imaginaire serait désormais le seul endroit où je pourrais le rejoindre. Un lieu où mon soupir attirerait son attention, le ferait mien. Il s'arrêterait, poserait sa main sur mon épaule, et ce geste indiquerait qu'il m'emmènerait dans une chambre feutrée, où sous des draps écarlates, ses mots et ses caresses me rendraient timide. Puis il pénétrerait ma timidité et, avec sa perfection et sa puissance, me transporterait, m'ensorcellerait, m'épuiserait.

Je m'agrippais encore au rideau, touchant la chaleur résiduelle de mes larmes de ce jeudi après-midi.

Mon fils est sorti de sa chambre.

– Je l'ai vu monter dans un taxi, a-t-il dit d'une voix atone.

– Je l'ai vu aussi, ai-je confirmé en lui souriant et en pressant ma joue contre la fenêtre.

Mon fils est venu me rejoindre et s'est placé entre moi et la fenêtre. Il s'est hissé sur la pointe des pieds et a regardé tout en bas.

– L'observes-tu toujours d'ici ? m'a-t-il demandé avec sérieux.

Sa curiosité m'a rendue nerveuse.

– Qui ?

Mon fils a semblé ne pas entendre la question.

– Pourquoi ne m'as-tu pas laissé accompagner papa à la frontière ? a-t-il lancé.

– Parce que tes mathématiques t'attendent, je te l'ai dit tout à l'heure, lui ai-je répondu, voulant toujours savoir de qui il parlait.

– Alors pourquoi ne l'as-tu pas accompagné, toi ?

Je soupçonnais que mon enfant avait découvert mon secret. Une vague de culpabilité m'a envahie. Je me suis penchée et j'ai pressé mon fils contre moi. Il a posé sa joue chaude contre la mienne, et avec tout le sérieux de ses douze ans m'a demandé si j'aimais son père.

– Bien sûr... balbutiai-je. Et toi, l'aimes-tu ?

– Parfois. Et d'autres fois... je ne suis pas certain.

Il était presque minuit lorsqu'il a téléphoné. Habituellement, il donnait un coup de fil dès son arrivée à Hong Kong. Jamais il n'avait dérogé à ce rituel.

– Tu as oublié de me le rappeler, m'a-t-il dit d'un ton qui nageait entre la réprimande et la boutade.

– Te rappeler quoi ?

– Mon portefeuille. Ça fait deux fois que tu négliges de le faire.

Je ne savais pas quoi dire. Je n'avais jamais pensé qu'il s'apercevrait du changement qui s'opérait en moi.

– Eh bien, j'ai encore perdu mon portefeuille, m'a-t-il annoncé sur un ton de réprimande plus appuyé.

– Que s'est-il passé ? lui ai-je demandé, déstabilisée.

– Comment veux-tu que je le sache ? a-t-il rétorqué sans grande émotion dans la voix. Comment veux-tu que je le sache...

Pendant trois jours, j'ai cherché à comprendre ce qui était arrivé à mon amour imaginaire, à me demander pourquoi il n'était pas apparu le jour de son déménagement. Je me suis demandé qui était au volant de la voiture qui avait emmené sa fille et où elle était partie. Je n'avais aucune idée de ce qui était advenu dans sa vie ni pourquoi il avait disparu de la mienne, si subitement.

# Le marchand ambulant

Même lorsque je résolvais des équations linéaires, je pensais à lui. Il portait toujours une calotte chinoise qui lui collait au crâne comme une écorce de melon. Dans une ville où presque personne ne porte le chapeau, son couvre-chef le distinguait dans la foule. Quand l'école nous libérait à midi, nous bourdonnions autour de lui. Il se penchait sur ses deux sacs en polyester afin de les protéger, car ils contenaient son gagne-pain : du maïs soufflé et des bâtonnets de riz collant que les mauvais élèves appelaient pistolets paralysants.

Par contre, mon esprit n'errait jamais pendant les cours de chinois. Ce n'était pas parce que je prenais plaisir à me tenir debout pour réciter la leçon comme l'exigeait notre professeur. J'avais toujours détesté cela. Non plus parce que j'avais honte de mon accent en mandarin standard, car la prononciation de la plupart de mes comparses était pire que la mienne, sans parler de la maîtresse pour qui même les voyelles présentaient un défi. Dans sa bouche, les voyelles doubles devenaient des voyelles simples, de sorte que *ku zi de kou zi* – boutons de pantalon – sonnait comme *ku zi de ku zi* – pantalons de pantalon. Cela me paraissait un renversement de la synecdoque, une figure rhétorique qui consiste à nommer une partie d'une chose pour en désigner le tout. Chez notre maîtresse, le tout en venait à désigner la partie. Cette interversion me fascinait jusque dans mes rêves.

Nous nous étions habitués aux accents des autres. Je ne me sentais pas amoindri devant mon incapacité à différencier les consonnes *n* et *l*. Bien sûr, He*n*an n'est pas He*l*an. Le premier est une province chinoise reconnue pour ses mendiants, alors que le deuxième est un pays d'Europe important producteur de tulipes pour le monde entier. Je savais la différence entre Henan et Hollande, je n'avais donc pas honte de mal les prononcer. Non, la raison pour laquelle je n'étais pas prêt à me mettre debout pour réciter la leçon, c'était qu'elle ne me plaisait pas. Cette leçon, un essai propagandiste bien connu intitulé *Qui sont les personnes les plus chères ?*, avait galvanisé deux générations de Chinois, mais pas moi. Mon objection à ce texte s'était manifestée dès l'étape de l'aperçu d'avant-lecture et s'était poursuivie jusqu'à la fin de la session.

Avec tout cela, je ne vous ai pas encore avoué pourquoi mon esprit n'errait jamais pendant le cours de chinois, et je dis bien *jamais*. C'était à cause de la Fille Papillon. Lorsqu'elle se levait, je suivais le rythme de sa lecture, bercé par l'intonation exagérée de sa voix à ce point captivante qu'elle diluait toute mon antipathie pour son propos. Chaque syllabe qu'elle émettait, même les plus explosives, me frappait physiquement avec une chaleur palpable, enflammant mes nerfs auditifs.

La Fille Papillon était la meilleure élève de la classe et la seule qui ne savait pas parler cantonais. Je m'assoyais derrière elle en laissant deux rangées entre nous. Sa récitation palpitante me troublait tellement que mon regard dérivait de mon cahier, et je me surprenais à la fixer, assise à son pupitre, le dos droit comme une flèche. Je ne permettais surtout pas à mes yeux de s'attarder sur le royaume entre son cou et ses fesses, car accorder de l'attention à cette région m'emplissait d'une honte intense et étrange. Mon regard se posait finalement sur sa tête, ou plus précisément sur sa pince à cheveux. Sa pince à cheveux ressemblait à une paire de papillons dont les ailes se chevauchaient. Ces deux lépidoptères me rendaient jaloux. Pourquoi n'étais-je pas l'un d'eux ? Je m'imaginais aile de papillon virevoltant dans sa somptueuse chevelure. Une fois, saisi d'une soudaine exaltation, j'ai écrit un petit mot que je comptais glisser discrètement dans sa main à la fin du cours. Le petit mot disait : « *Tu* es la personne la plus chère entre toutes. »

Je craignais que les autres élèves ne se moquent d'elle à cause de son élocution passionnée. Je ne voulais pas qu'elle soit blessée, je voulais la sauver du ridicule. La description des soldats américains dans cette leçon se situait à des années-lumière des héros militaires triomphants des épopées guerrières hollywoodiennes dont nous étions gavés. Dans les films d'Hollywood, quand on voyait un martyr – un mort étendu, serrant toujours dans sa main éclaboussée de cervelle ennemie la goupille d'une grenade – on pouvait être certain qu'il s'agissait d'un soldat américain, et que le corps gisant à ses côtés avec le crâne explosé était celui d'un Allemand, d'un Vietnamien ou d'un Iraquien. Contrairement à notre leçon, dans les films d'Hollywood, si un soldat avait une moitié d'oreille qui lui pendait entre les dents, elle n'appartenait certainement pas à un Américain. Toujours est-il que j'appréhendais les moqueries de mes compagnons de classe à l'égard de la Fille Papillon. Mais ils ne riaient pas. Ils demeuraient tranquilles, tout aussi fascinés que moi par son éblouissante prestation. Dans mon imagination, les papillons qui se chevauchaient dans ses cheveux goûtaient aux mystères de la vie.

Dans la cour de l'école, les enfants aux pires résultats scolaires se disputaient pour savoir qui était « la personne la plus chère » de la Série A de la Ligue italienne de football. Les deux supporters les plus costauds ont fini par se livrer bataille, roulant par terre comme s'ils recréaient le combat de la fameuse leçon que nous venions d'analyser en classe. Cette éruption de violence a excité les autres : « Arrache-lui la moitié de l'oreille avec tes dents ! Arrache-lui la moitié de l'oreille avec tes dents ! » scandaient-ils en cantonais, langue complètement différente du mandarin, mais intéressante à entendre. Impossible de savoir qui se situait dans quel camp, et à qui appartenait cette moitié d'oreille qu'ils souhaitaient voir arrachée. Dans la leçon, c'était celle d'un Américain. Les combattants ont trouvé ce cri tellement comique qu'ils ont cessé de se taper dessus et se sont relevés, l'un d'eux se frottant l'oreille toujours entière. Bientôt, lui et les autres petites brutes ont quitté avec fracas l'enceinte de la cour. Cet essaim de mauvais élèves s'est mis à bourdonner autour du marchand ambulant.

Le marchand ambulant s'était plus d'une fois battu contre ces voyous. Son corps normalement tendu s'est raidi davantage. Il a coincé ses deux sacs en polyester entre ses jambes et a croisé les bras, la paume de sa main droite pressée contre la poche de sa chemise afin de protéger son argent.

Comme toujours, les voyous se sont instinctivement divisés en deux groupes, qui ont pris position de chaque côté de l'homme. Les deux fanatiques de football faisaient maintenant équipe. Ils ont déclaré vouloir acheter du maïs soufflé et lui ont demandé *un rabais* sur un ton insolent. Au début, le marchand les a ignorés. Mais il s'est impatienté lorsqu'ils ont répété la question, et il les a prévenus de ne pas se mettre dans ses pattes. Il faisait du commerce et ne tomberait plus dans leur panneau. Pendant que le marchand s'affairait à servir le premier groupe, le deuxième s'est empressé de lui chiper une poignée de pistolets paralysants. Comprenant qu'ils l'avaient à nouveau dupé, l'homme, fou de rage, s'est redressé d'un coup et a attrapé par le collet l'une des petites brutes qui tentait de prendre la fuite avec son butin. Au même moment, les jeunes qui avaient servi de diversion en ont profité pour bourrer leurs sacs de plastique de maïs soufflé et pour prendre la poudre d'escampette. Le marchand les a vus faire, mais n'a pas relâché sa proie. Il s'est contenté de leur crier : « Vous ne savez pas à qui vous vous mesurez ! Les démons américains n'ont jamais échappé à ma poigne ! » Les voyous s'en moquaient éperdument. Ils ont disparu à l'angle du mur et ont trouvé un endroit où se gaver du produit de leur pillage.

Pendant ce temps, deux autres élèves essayaient en vain de déplier les doigts puissants du marchand pour le faire lâcher prise. De son côté, le garçon piégé a tenté quelques coups de pied qui ont raté leur cible mais ont réussi à renverser un sac de maïs soufflé. Voir sa marchandise répandue à terre a failli achever le pauvre homme. Il a tiré vers lui d'un geste sec l'élève qu'il tenait par le collet, mais en même temps, un autre arrivait par-derrière en courant. Ce dernier a frappé le marchand sur le front avec une demi-brique ramassée sous un arbre. Du sang a ruisselé dans l'un des yeux du vendeur. Il a lâché l'enfant pour presser la plaie. Le reste de la bande de voyous a décampé, faisant voler maïs soufflé et pistolets paralysants dans leur fuite.

Le marchand, furieux et impuissant, s'est efforcé de suivre de son œil intact les élèves qui battaient en retraite.

La vue de ses joues qui frémissaient de rage m'a fait mal au cœur. Je l'ai regardé se pencher contre la grille de l'école, déboutonner son pantalon, émettre quelques gouttes d'urine dans sa paume gauche et en tamponner sa blessure. Puis, il s'est reboutonné, a essuyé sa main sur son pantalon et a laissé flotter son regard dans la direction où ses derniers agresseurs avaient disparu. « Les démons américains n'ont jamais échappé à ma poigne ! » a-t-il vociféré avant de le répéter d'une voix à peine perceptible.

Il parlait le même dialecte de province que ma mère, ce qui me rendait la scène encore plus difficile à supporter.

Je voulais l'aider à ramasser sa marchandise, mais la crainte de me faire railler le lendemain par ceux qui l'avaient agressé me paralysait. Sans bouger, je l'ai regardé ramasser ses bâtonnets de riz collant, soufflant dessus pour les débarrasser de la poussière qui s'y était collée avant de les remettre dans le sac. Je l'ai regardé fixer d'un air abattu le maïs soufflé répandu sur le sol comme s'il songeait également à le récupérer. Mais il a finalement abandonné cette idée. Il a tiré sur les cordons de ses deux sacs mous pour les fermer serré, puis il les a noués ensemble avant de lancer ce léger bagage sur son épaule. Il repartait comme il était arrivé, mais avec des sacs plats. Il a de nouveau touché son front. Le sang avait arrêté de couler. Manifestement, sa blessure le faisait souffrir, mais pas autant que la vue de son maïs gâté. Après avoir contemplé une dernière fois le sol jonché de friandises, il s'est mis en route d'une démarche hésitante. Après quelques pas, il a brusquement fait demi-tour et il est revenu piétiner le maïs soufflé. Puis il s'en est allé pour de bon, marchant avec empressement dans la direction de Huangbeiling.

C'était le chemin que j'empruntais pour rentrer chez moi. Je l'ai suivi, curieux de voir où il habitait. J'ignorais s'il connaissait la leçon sur les démons américains que nous venions d'étudier en classe. Malgré son dos voûté, il avançait d'un pas rapide qui ne rendait pas facile la tâche de le suivre. J'avais un brûlant désir de savoir à quoi ressemblait sa vie lorsqu'il avait mon âge. Croulait-il aussi sous les devoirs et les leçons ? Participait-il comme moi à de multiples compétitions ? Et parvenu à l'âge adulte, s'était-il marié ? Avait-il un fils qui me ressemblait ? Ces questions toutes simples me renvoyaient à un état d'innocence enfantine. Ses parents, quand ils le tenaient bébé dans leurs bras, avaient-ils pressenti ce qu'il deviendrait ? Et que voulait dire le marchand ambulant en criant: « Les démons américains n'ont jamais échappé à ma poigne » ? S'il avait en effet participé à cette fameuse bataille, il en avait appris la leçon dans sa chair. Peut-être était-il l'une des *personnes les plus chères* – sobriquet des membres de l'Armée populaire de libération ? Peut-être était-ce même lui qui avait arraché avec ses dents à un soldat américain cette célèbre moitié d'oreille ? Et si c'était le cas, quel sens donnait-il aujourd'hui à son illustre passé ? Sans les ignominies qu'il venait tout juste de vivre, aurait-il parlé à quiconque de son histoire glorieuse ? Je me demandais comment il arrivait à vivre avec ce souvenir et pourquoi la vie lui avait réservé le triste sort de petit marchand ambulant.

Il marchait très vite sans jamais ralentir sa cadence, si bien que je peinais à le suivre. La distance entre nous a continué à s'accroître jusqu'à ce qu'il s'arrête net et se mette à marcher à reculons. Sur le coup, je n'ai pas compris son comportement. Avais-je commis une erreur en lui inventant un passé glorieux ? Mon imagination débordante lui avait-elle fait perdre le nord ? C'est alors que j'ai vu trois jeunes hommes en uniforme gris qui le pourchassaient. Ils l'ont rapidement rattrapé, puis tous les quatre se sont engagés dans une rude bagarre. Le marchand essayait désespérément de protéger les derniers vestiges de sa marchandise, mais encore une fois, il n'y est pas parvenu.

Le plus courtaud des hommes lui a arraché ses sacs en moins de deux, tandis que les autres le poussaient contre la clôture qui bordait la route. L'un d'eux lui a braqué sous le nez le canon d'un véritable pistolet paralysant.

Je me suis subrepticement avancé pour mieux observer la scène. Le marchand se souciait peu des deux hommes qui le retenaient contre la clôture, il s'efforçait plutôt, sur la pointe des pieds, de suivre les gestes de l'homme courtaud. En vérité, il fixait ses deux sacs en polyester plats.

– J'ai besoin de ces sacs pour vivre ! a-t-il hurlé.

– Une personne comme toi ne mérite pas de vivre, a répondu celui qui le menaçait avec le pistolet paralysant.

Son comparse s'est dirigé vers une poubelle, puis a éventré les sacs un à un avec la pointe d'un couteau. Il les a vidés sans pitié, tout en crachant trois fois sur leur contenu avant de les fourrer dans le récipient métallique.

Le marchand avait épié ses moindres mouvements avec une rage impuissante, ne détournant les yeux qu'au moment où l'homme avait craché. Il avait alors hoché la tête et s'était laissé choir au sol.

Le courtaud a rejoint ses acolytes, leur a tapé sur l'épaule, et tous trois se sont éloignés dans un nuage de poussière, de pitreries et de ricanements.

Pendant un moment, le pauvre homme est resté assis par terre, à se demander s'il n'était pas en train de faire un cauchemar. Un sursaut l'a tiré de son mauvais rêve. Il a jeté autour de lui un regard hébété. Il s'est relevé lentement et a fixé ses mains comme si elles étaient devenues des appendices superflus. Il s'est approché de la poubelle, en a extirpé délicatement l'un de ses sacs, en a examiné la déchirure, puis l'a renfoncé mollement parmi les déchets. Il a braqué les yeux dans la direction empruntée par les jeunes hommes en uniforme. Son regard m'a terrifié et m'a laissé avec un sentiment de vide profond.

La session du printemps a été d'un pénible ennui. Trois de mes camarades de classe sont partis l'un après l'autre pour l'étranger. Tous en Angleterre. La Fille Papillon, à Nottingham. Un jour, un compagnon a reçu par la poste une photo d'elle. Sa chevelure tombait maintenant librement sur ses épaules. Elle ne devait plus utiliser cette pince à cheveux qui avait nourri mes incessantes rêveries. Ces papillons qui avaient symbolisé les mystères de la vie se sont mis à tournoyer dans mon esprit.

La session du printemps a été d'un ennui mortel. Je songeais au marchand ambulant en résolvant des équations linéaires. Je le croyais mort. Peut-être ne méritait-il pas de vivre, comme l'avaient vomi ses agresseurs en uniforme gris ? Dans le trépas, ressemblait-il aux autres hommes ? Encore une fois, je me sentais régresser avec mes questions enfantines, glisser vers un état d'innocence. Je me demandais même s'il ressentait encore de la douleur au front au moment de sa mort.

Au début de la session d'automne, le marchand était de retour. Il portait son éternel chapeau à l'aspect d'écorce de melon, insensible à la chaleur et aux changements de saisons. Tous les jours à midi, à la sortie des classes, un essaim d'élèves bourdonnait autour de lui. Sa réapparition n'a pas été pour moi une heureuse surprise. Lorsque je l'ai aperçu pour la première fois, j'ai même ressenti de la colère, comme s'il était revenu pour réfuter ma certitude de sa mort. Je voulais bien me souvenir de lui, mais ne souhaitais pas le voir en chair et en os jour après jour. Je me désintéressais petit à petit du monde qui m'environnait. Mon amour des mathématiques m'avait conduit à une obsession pour la physique. Je rêvais de vivre dans un monde où la vitesse de la lumière ne serait plus une limite absolue, un monde où la flèche du temps pourrait s'arrêter et retourner là d'où elle était venue. J'espérais que par le renversement du temps, mon imagination pourrait voyager sans entraves, libre comme un papillon.

## La professeure de physique

Finalement, elle s'était toujours souvenue de ce que son professeur d'histoire de l'esthétisme occidental avait déclaré au sujet de la femme idéale. Selon lui, la femme idéale a vécu un premier amour fou, un mariage d'un ennui sans bornes et une aventure orageuse en dehors du cadre matrimonial. Ce qui revenait à dire que la femme idéale devait avoir connu trois hommes aux qualités fort différentes.

Elle avait choisi ce cours un peu au hasard dans sa dernière année, car il lui manquait des unités pour compléter son baccalauréat. Tout comme les autres étudiants, elle savait que ce professeur au style pédant était une personnalité culturelle populaire. Il signait dans un journal une chronique dans laquelle, par le truchement d'analogies colorées, il réduisait à taille humaine les grandes questions qui secouaient l'actualité. Sous sa plume, les affrontements en politique internationale prenaient des allures de chicane de ménage et les échanges commerciaux s'apparentaient aux rapports d'une vie sexuelle insatisfaisante. Mais le talent de son illustre professeur l'indifférait. Elle avait choisi son cours parce qu'il n'était pas à cheval sur les présences et que ses examens étaient faciles.

Il n'avait pas évoqué la femme idéale en classe. Ses cours s'attaquaient ardemment aux plus influentes théories de l'esthétisme, soulignant que leurs auteurs, les Platon, Hegel, Santayana et Croce, étaient tous des hommes. En fait, il n'avait évoqué la femme idéale que pendant un échange à la pause. Elle le voyait encore appuyé contre le mur du couloir, entouré d'étudiantes joyeuses. Elle l'entendait encore marteler singulièrement les déterminants *un* et *une*, comme si lui-même avait connu plus qu'*un* amour fou, plus qu'*un* mariage ennuyeux et plus qu'*une* aventure orageuse. Un confrère de classe masculin avait partagé son propre désaccord avec cette proposition en s'exclamant : « Si c'est ça la femme idéale, elle n'existe pas », avant d'ajouter que l'homme idéal ne devait pas non plus fouler le sol de notre planète, puisque cette femme devait avoir connu trois hommes aux qualités différentes. Ce compagnon de classe trouvait le postulat du professeur sexiste envers les hommes. Par ailleurs, ses étudiants savaient aussi que l'épouse du professeur était d'une extraordinaire beauté et qu'il ne pouvait rien lui refuser. Peut-être avait-il un peu peur d'elle, ce qui aurait été logique, puisqu'il clamait qu'il était un esclave de la beauté. Il affirmait qu'un seul type d'esclave servait la justice et la bonté : l'esclave de la beauté – et que la plus grande joie de l'existence était de la servir. Peut-être avait-il tort, ou peut-être n'est-il pas parvenu à cet état d'utopique soumission, puisque deux ans après avoir obtenu son diplôme, elle a appris qu'il s'était suicidé une veille de Noël.

Dans le couloir, lors de cette toute première pause, elle avait trouvé sa description de la femme idéale déplacée, et s'était mise à regretter son choix de cours. Ce sentiment s'était intensifié au fil de la session et s'était transformé en une sorte de dégoût. Pour rien au monde, elle ne voulait devenir cette femme idéale.

Cette image repoussante qu'elle se faisait de l'amour et du mariage lui venait peut-être de ce que le professeur avait dit à propos de la femme idéale. Elle était convaincue que les hommes ne l'intéresseraient jamais. La profession sacrée qu'elle avait choisie – elle enseignait la physique – confirmait cette certitude. Elle avait de la chance, se disait-elle, d'avoir pris la décision la plus rationnelle de sa vie avant les fragilités de l'adolescence. Elle était devenue professeure de sciences dans un collège sans prétention, mais ses cours étaient légendaires.

Néanmoins, après huit ans, la monotonie de sa profession a commencé à la gagner. Pour ne pas s'épuiser, elle a abandonné ses engagements *extramuros*. Un soir, un étrange élan l'a poussée à feuilleter son manuel d'histoire de l'esthétisme occidental au lieu de préparer sa leçon du lendemain. Ce vieux manuel renfermait des traces de sa jeunesse dans les notes qu'elle avait prises à l'époque. Alors qu'elle tournait les pages à l'encre pâlie, la description de la femme idéale de son professeur pédant lui est revenue à l'esprit. Elle l'irritait toujours autant. Elle ne pouvait imaginer que bientôt, elle la répéterait avec sérieux à quelqu'un.

Ce quelqu'un était un nouvel étudiant. Un gaillard dont l'esprit délicat contrastait avec le corps athlétique. Son regard trahissait une fragilité têtue. Il était atterri dans sa classe l'année où l'enseignement commençait à la lasser, et il avait immédiatement attiré son attention par sa compréhension intuitive de la physique, alors qu'elle-même n'avait pu percer les secrets de cette matière qu'à force d'acharnement. Mais ce qui l'étonnait le plus, c'était que la physique ne l'intéressait pas particulièrement. Il était fou de littérature. Il couvait le rêve de devenir un poète encensé dont l'histoire retiendrait le nom. Il prétendait ignorer comment lui était venue cette fantastique ambition, mais disait du même coup : « C'est peut-être à cause de Yeats. » Son *Sailing to Byzantium* lui avait inculqué ce désir d'immortalité. Il lisait les grands poètes du monde comme un possédé. Il savait tout de leur vie et pouvait débiter avec ardeur d'obscures anecdotes à leur sujet. Un jour, au crépuscule, il lui a téléphoné pour demander à la voir afin de discuter de la Loi de Faraday. Elle a accepté qu'il vienne en soirée à son appartement.

Il a frappé à sa porte à l'heure convenue.

Tous deux se sont d'abord sentis gênés, coincés dans leur rôle d'élève et d'enseignant, mais la conversation a rapidement dissipé la barrière. Elle s'est plainte des voisins qui jouaient au Mahjong en brassant bruyamment leurs tuiles dans le logement au-dessus. Il a répondu qu'on jouait au Mahjong au-dessus, en dessous, à gauche et à droite du sien, et que cela ne l'importunait guère. Le bruit ne l'atteignait pas.

Elle s'est vite rendu compte qu'elle ne le regardait plus comme un professeur regarde un élève. La Loi de l'induction de Faraday n'était manifestement pas la raison de sa visite, qui ne semblait pas avoir de but précis.

Elle ouvrait à peine la bouche, concentrant toute son attention sur celle du garçon, sur les mots qui s'en échappaient. Ils sortaient de lui comme un torrent. Parfois ses propos étaient confus, voire incohérents, et ses pensées faisaient de violents écarts et des bonds vertigineux. La plupart des sujets qu'il abordait étaient étrangers à son expérience de femme simple et de professeure de collège de second rang. Il parlait d'un poème qu'Auden avait écrit sur Macao, du salon parisien de Gertrude Stein, de l'exil et du suicide de Marina Ivanovna Tsvetaïeva. Jamais elle n'aurait cru que les murs de son médiocre logis seraient les témoins de thèmes aussi passionnants, discutés avec une telle fougue désordonnée. Elle sentait en elle une porte s'ouvrir, éclairant des attentes dormantes. Son regard médusé vagabondait sur les traits et le physique de son locuteur volubile. Lorsque son père lui a téléphoné de Nanjing – une interruption qu'elle a accueillie avec un froncement de sourcils – elle a coupé court à la conversation en lui déclarant qu'elle avait la visite d'un *ami*.

Une semaine plus tard, l'étudiant lui a envoyé une brève lettre. Il la remerciait de l'avoir traité en ami, d'avoir ainsi « positionné » leur relation et d'avoir arrêté le temps, ou du moins, de l'avoir vidé de sa puissance. Il aimait se pelotonner dans les pauses du temps pour observer la lumière spirituelle du langage et du silence. Sa lettre se concluait avec un poème de son cru, qui se terminait ainsi :

*Sur la rivière dans la nuit*
*Les mots sont des astres vacillants*
*Les rames de la vie*
*Fendent l'eau avec des soupirs mélancoliques*
*Faisant du flot du temps*
*Un péril imminent*

Elle ne s'est pas étonnée de recevoir cette première lettre, puisqu'elle s'était laissée aller dans la même rivière trouble aux subtils émois. Ce soir-là, ils avaient partagé un fantasme poétique. Après son départ, elle avait calmement rangé le salon, déposant leurs tasses de thé dans l'évier. Elle avait eu l'impression de déceler la trace des lèvres du jeune homme sur la porcelaine blanche, et un sentiment de honte lui avait griffé le cœur. En écoutant son monologue éloquent, elle était devenue complètement fascinée par le mouvement de ses lèvres profondément poétiques et vaguement érotiques. Elle avait abandonné les tasses salies, s'interrogeant sur elle-même. Une immense fatigue l'avait gagnée. Après avoir pris une douche, elle s'était allongée sur son lit, déboussolée. Au moment de tendre le bras pour éteindre la lumière, elle avait perçu un son à sa porte. Elle avait écouté attentivement, saisie d'un désir inavouable. Le tapotement avait cessé, et elle avait poussé un soupir de soulagement. Mais pour la première fois, sa chambre douillette lui avait semblé vide. Elle avait éteint la lampe, le cerveau en désordre, n'arrivant plus à aligner deux idées cohérentes. Son corps était cette rivière sous un ciel étoilé où flottait une petite barque. Elle ressentait le mouvement langoureux des rames fendant la surface de l'eau. Leurs soupirs mélancoliques lui parvenaient doucement. Des gouttes de sueur s'étaient mises à perler sur sa poitrine. Elle avait interrogé la nuit interminable : « Suis-je vieille ? Suis-je vieille ? Suis-je vieille ? »

Ses cours ont recommencé à la captiver. Elle faisait plus qu'enseigner la physique, elle guettait aussi les réactions et les réponses du poète en herbe. Elle a préparé minutieusement sa leçon sur la Loi de Faraday, espérant que ses explications étancheraient la soif de savoir peu commune du garçon et la feraient briller à ses yeux. Elle entretenait la folle idée qu'il remarquerait, qu'il savourerait même, son habillement et son langage corporel. Mais elle avait l'impression d'être une mauvaise actrice qui en mettait trop pour séduire son public. Elle avait honte de ses efforts.

Puis un jour, sans crier gare, l'étudiant a passé la période entière à regarder fixement par la fenêtre. Elle s'est inquiétée. Quelle bévue pouvait-elle bien avoir commise ? Après le cours, elle a retenu ses questions de peur de le rendre mal à l'aise ou de déranger la poésie pure de son âme. Comment agir avec un esprit aussi complexe ? Il était hors de question qu'elle l'invite à nouveau chez elle. Elle avait peur qu'il refuse... Elle avait peur qu'il accepte... La soirée de sa visite repassait en boucle dans sa tête. Elle craignait les astres vacillants et les soupirs mélancoliques... Elle avait peur de revivre le bouleversement de cette soirée-là. Néanmoins, elle devait lui venir en aide, car il adoptait le même comportement cours après cours, ne faisant que regarder par la fenêtre d'un œil morne et absent. Elle voulait le rendre aussi heureux qu'il l'avait été lors de leur soirée poétique.

Elle cherchait toujours comment l'aider lorsqu'une nuit, elle l'a retrouvé sur le pas de sa porte. Il a prétendu qu'il passait par hasard dans le quartier. Le malaise initial causé par le fait de se trouver devant lui en chemise de nuit s'est vite transformé en emballement, et elle l'a laissé entrer. Il s'est installé dans le même fauteuil.

Mais cette fois, il est demeuré assis en silence.

En se remémorant l'euphorie bavarde de l'autre soirée, elle a tenté de le sortir de son mutisme en lui demandant s'il avait lu des livres intéressants dernièrement. Il est resté figé et silencieux. Elle lui a demandé s'il avait écrit de nouveaux poèmes. Même immobilité, même silence. Elle s'est retenue de lui demander pourquoi il ne faisait que regarder par la fenêtre, en classe. Soudain, elle s'est souvenue d'un dimanche à la librairie où elle était tombée sur un recueil de nouvelles de Gertrude Stein. Elle lui a avoué avoir peiné à le terminer, car les histoires écrites par cette femme rebelle lui semblaient hermétiques. Aucune réaction. Elle s'apprêtait à abandonner lorsqu'elle a remarqué son manuel d'histoire de l'esthétisme occidental sur l'étagère. L'image de son ancien professeur s'est imposée à son esprit. Elle s'est mise à lui dépeindre son pédantisme, sans oublier sa définition de la femme idéale telle qu'il l'avait exposée jadis, appuyé contre le mur du corridor lors d'une pause.

Cette définition sembla toucher le jeune homme, qui a enfin levé la tête. Il affichait une expression tourmentée. Son regard l'a mise mal à l'aise, comme s'il pouvait la déshabiller. Elle a instinctivement croisé les bras sur sa poitrine. Des perles scintillantes sont apparues au bord de ses paupières juvéniles, et le garçon a fondu en larmes.

Elle ne savait plus comment réagir. Elle comprenait que les émotions du garçon étaient beaucoup plus riches que les siennes. Son hypersensibilité magnifiait ou diminuait la portée de chaque mot, de chaque phrase, le jetant dans la solitude et le désespoir. Mais elle ne comprenait pas pourquoi il s'était mis à pleurer en entendant parler de son ancien professeur. Elle lui a dit avoir toujours trouvé insoutenable cette description de la femme idéale et n'avoir jamais désiré devenir cette sorte de femme, méprisable à ses yeux.

Cette intervention l'a fait pleurer de plus belle.

Elle était désemparée. Elle s'est approchée de lui. Il donnait l'impression d'être un enfant au cœur blessé qu'elle aurait voulu serrer tendrement dans ses bras pour le consoler, sa tête posée doucement sur son sein. Elle a bridé son élan de peur de le blesser davantage et lui a simplement touché l'épaule. Brusquement, il a repoussé sa main et s'est levé d'un bond pour s'enfuir dans la nuit.

À nouveau, les événements la dépassaient. De la main éconduite, elle s'est couvert la bouche pour retenir un sanglot, puis elle a couru à la fenêtre. Elle n'a distingué qu'une silhouette s'éloignant dans la bruine nocturne. De nouveau, la culpabilité lui a griffé sauvagement le cœur. Pourquoi avait-elle essayé de le calmer aussi gauchement, pourquoi avoir mentionné la *femme idéale* ?

Elle s'est couchée avec l'âpre sentiment d'avoir franchi à son insu deux des étapes prônées par son ancien professeur. Son premier amour fou venait de se terminer et son aventure orageuse était morte dans l'œuf. Elle a péniblement pris conscience que son mariage sans éclat ne serait jamais, et qu'elle ne deviendrait jamais cette femme idéale. Son corps voguait toujours telle une barque à la dérive sur une rivière aux eaux frémissantes, mais elle s'était transformée en feuille sèche tombée d'un arbre, à la merci de l'onde. Une feuille sans mémoire du temps. Tellement légère que son mouvement sur la surface de l'eau était à peine perceptible, n'était qu'un murmure...

Le jour suivant, une jeune femme l'attendait dans son bureau. Elle était d'une beauté remarquable. La femme l'a abordée calmement, mais l'instant suivant, elle ne réprimait plus sa hargne.

– Je sais tout au sujet de vous deux ! a-t-elle vociféré.

– De nous deux ? Mais de qui parlez-vous ?

– De toi et de mon fils !

La professeure de physique a reçu ces paroles comme une gifle. Elle ne s'attendait pas à ce que la mère du garçon soit aussi jeune, voire plus jeune qu'elle-même, ni aussi ravissante. Elle s'est demandé si, pour un fragile esprit de poète, avoir une mère d'une beauté aussi écrasante s'avérait une chance ou une calamité.

– Que croyez-vous qu'il s'est passé entre lui et moi ?

– Il m'a tout avoué. Quel comportement répréhensible. Tu devrais avoir honte !

– Mais comment ai-je agi ? a-t-elle demandé, car les allégations de la mère lui échappaient.

Cette dernière lui a jeté un regard transperçant. Elle semblait sur le point de rétorquer quelque chose, mais elle s'est ravisée.

Le professeur l'a fixée droit dans les yeux.

– Ce n'est qu'un enfant, a ajouté la mère.

Elle commençait à deviner ce qu'il avait bien pu dire à sa mère pour la mettre dans un tel état.

– Je crois que vous faites erreur.

– Ton devoir est de lui enseigner les lois de la physique, pas de lui parler de poésie.

– C'est *lui* qui m'a parlé de poésie. Ce qu'il désire le plus, c'est devenir poète.

La mère a eu un mouvement de recul. Découvrir que la professeure en savait davantage qu'elle au sujet des rêves de son fils l'a transformée en une tout autre personne. La fureur a fait place à la peine.

– Ce n'est qu'un enfant, a-t-elle répété d'une voix tremblante.

– Son rêve inatteignable de grandeur et d'immortalité le démontre bien, a dit l'enseignante en guise d'acquiescement.

– Tu as nourri ce rêve fou... tu l'as éconduit..., a ajouté la mère d'une voix qui n'était plus qu'un filet.

La professeure a retenu sa réplique. Se défendre ne ferait que jeter de l'huile sur le feu.

Après un moment de silence, la mère a repris.

– Il est rentré très tard, hier. Trempé de la tête aux pieds.

La professeure a ressenti une douleur jusque dans sa moelle, mais elle s'est efforcée d'encaisser cette information sans révéler son émoi.

– Il a encore une forte fièvre, a poursuivi la mère. Le docteur dit...

Une énorme inquiétude envahissait la professeure, qui peinait maintenant à suivre la discussion.

– ... je lui ai demandé où il était allé, ajoutait la mère. Mais c'était facile à deviner. Il y a deux semaines, il m'a déclaré être amoureux. Il m'a même dit de qui.

Comme si le vent s'était levé du plus profond de la nuit, la professeure a ressenti le tremblement de la feuille sèche flottant sur l'eau... Elle a tourné la tête et elle a aperçu par la fenêtre deux arbres morts et le ciel gris.

– Je lui ai interdit de vous revoir.

Ces mots ont semblé lui arriver de loin, du fond de l'espace.

Le garçon a prétexté son émigration avec sa famille en Nouvelle-Zélande pour justifier son abandon de l'école. Un peu avant Noël, elle a reçu une lettre d'Auckland. D'une écriture soignée, il expliquait qu'il avait par étourderie mentionné son nom à sa mère, puis lui avait avoué son amour pour elle. Il ne se serait jamais imaginé que sa mère se mettrait en colère. Il ne l'avait jamais vue aussi furieuse. Elle lui avait craché que l'amour était le sentiment le plus sordide, qu'elle avait honte de lui et que s'il poursuivait cet amour, elle se tuerait devant ses yeux. Il avait sombré dans la dépression. Lui-même ne pouvait pas imaginer qu'un amour pur provoquerait des émotions aussi violentes. Mais cela n'expliquait pas sa réaction explosive lorsqu'elle lui avait parlé de la femme idéale de son ancien professeur.

La réponse à cette interrogation lui est parvenue au cours de la deuxième semaine de la nouvelle session. Le garçon lui a envoyé une autre lettre qu'il qualifiait de « dernier mot ». Afin de tirer au clair pourquoi il s'était enfui en pleurant ce fameux soir, il lui expliquait que, selon la définition de son ancien professeur, sa mère était une femme idéale. Bien que plusieurs personnes ne la tenaient pas en haute estime – un de ses oncles avait même déjà dit qu'elle était la femme la plus vile du monde – lui, son fils, l'aimait. Il déclarait que son amour pour sa mère lui serait un soutien spirituel sa vie durant, et que personne ne pourrait jamais la déloger de son cœur. Il écrivait aussi que sa mère était très compliquée, sa conduite défiait parfois même l'entendement, mais que cela n'amenuisait pas son amour pour elle.

Il avait abandonné la poésie. « En comparaison avec la femme idéale, toute poésie est futile. » Voilà comment se terminait sa lettre. Dans le corps du message, il exprimait le désir de retrouver le monde de la science, de la pensée rationnelle. Il ne lui écrirait plus. Dans trois ans, il espérait être admis à l'École de médecine afin de poursuivre une carrière en chirurgie. Il souhaitait devenir un chirurgien encensé.

# Le chauffeur de taxi

Le chauffeur de taxi s'est dirigé vers le parc de stationnement de son entreprise et a constaté qu'une autre voiture occupait son emplacement réservé. Il n'a même pas regardé la plaque d'immatriculation du véhicule, mais il a repéré une place libre à l'autre bout du stationnement et est allé s'y garer. Il est sorti de son taxi et a jeté un regard à la ronde. Il a marché tranquillement jusqu'à l'arrière de sa voiture, a ouvert le coffre et en a retiré un sac à dos qui contenait des bricoles. Il a marmonné quelques mots, puis a donné deux petites tapes sur la carrosserie. Puis il a levé les yeux vers le ciel. Une goutte de pluie est tombée sur son visage.

Le chauffeur de taxi aurait normalement noté l'immatriculation de la voiture garée dans son espace, et lors de son quart de travail suivant aurait engueulé le collègue fautif. « Tu te prends pour qui ? » aurait-il crié d'une voix venimeuse. Mais ce n'était plus la peine. Il est entré dans le bureau et a remis ses clés au vieil homme de service. Le vieux lui a jeté un regard inquiet et a détourné les yeux pour cacher l'expression sur son visage. Le chauffeur de taxi a hésité un moment, puis lui a tapoté l'épaule. « Ces pauvres filles », a dit le vieux d'une voix tremblante.

Le chauffeur de taxi n'a pas semblé l'entendre. Il a tranquillement tourné les talons et serait sorti si le vieil homme n'avait pas crié son nom. Il s'est retourné.

La tête passée par la fenêtre de son bureau, le vieux lui a lancé :

– Le directeur a demandé que tu passes jeudi pour régler la paperasse.

– Entendu, a-t-il répondu à voix basse, comme s'il se parlait à lui-même.

La pluie refusait toujours de tomber. L'air était oppressant. Il se mit à déambuler le long du boulevard transversal en direction de chez lui. L'heure de pointe battait son plein et plusieurs véhicules avaient allumé leurs feux de route aveuglants. Il a traversé deux rues avant d'aboutir devant la plus grande pizzeria de la ville. Il n'y avait que deux clients à l'intérieur. Contrastant avec l'animation de la ville, ce restaurant était presque toujours désert. Précisément l'ambiance qu'il recherchait maintenant. Il avait besoin d'un peu de paix. Il a commandé un cola grand format et une pizza aux fruits de mer, la préférée de sa fille. Au moment de passer sa commande, ses yeux se sont remplis de larmes, brouillant sa vision. La caissière a dû lui rappeler à trois reprises qu'il n'avait pas payé. Il a enfin sorti l'argent de son portefeuille, et lui a tendu quelques billets en marmonnant « désolé » d'une voix un peu étranglée. Puis il a choisi une table près de la fenêtre. Sa fille s'assoyait parfois en face de lui. Elle était toujours pressée de prendre la première bouchée lorsque la pizza était déposée devant elle, si chaude qu'elle lui brûlait la langue et la poussait à aspirer bruyamment. Puis, elle roulait ses petits yeux et souriait d'un air espiègle. De ce banc, il pouvait suivre le spectacle qu'offrait l'artère achalandée et le flot interminable des voitures. Pendant quinze ans, il avait gagné sa vie dans cette jungle urbaine, parcourant chaque jour, au volant de son taxi, les rues de la cité. Circuler dans cette ville lui était aisé. Mais depuis quelques jours, tout cela lui était devenu indifférent. Comme pour son espace de stationnement. Auparavant, il aurait noté la plaque d'immatriculation de quiconque aurait osé se l'arroger. Maintenant, il ne ressentait plus aucun lien d'appartenance avec ce rectangle d'asphalte, ni même avec l'entreprise de taxi. Il n'avait plus à s'en soucier, car il ne conduirait plus jamais ce taxi. Avant de garer son véhicule, il revenait de sa toute dernière course en carrière. Au petit matin, il avait eu peur qu'il pleuve. Les essuie-glaces du taxi faisaient défaut et il craignait de devoir abréger son dernier jour de travail. Mais sa crainte ne s'était pas concrétisée, il n'avait pas plu. Au moment où il disait adieu à sa voiture, une goutte de pluie était tombée sur son visage. Il a essuyé ses larmes et a avalé une grande gorgée de cola. Perdu dans ses pensées, il revoyait la femme à la mine sérieuse qui s'engouffrait dans son taxi... il lui avait demandé où elle voulait aller. Elle avait répondu « tout droit ». Sa réponse l'avait laissé perplexe. Il lui avait demandé de préciser sa destination. Encore une fois, la même réponse : « tout droit ». Il l'avait alors lorgnée dans son rétroviseur. Tenue classique, expression grave. De toute évidence, quelque chose la préoccupait.

À peine à bord, son téléphone avait sonné. La femme semblait savoir qu'il sonnerait juste à ce moment. Elle l'avait sorti nonchalamment de son sac, visiblement contrariée.

*Oui, je sais*, avait-elle dit.

Il avait jeté à nouveau un coup d'œil dans le rétroviseur.

*Que veux-tu que je fasse !*

Par ses réponses abruptes, il pouvait deviner qu'elle était bouleversée.

*Peut-être que c'est ça.*

Il avait remarqué qu'elle avait tourné la tête et regardait par la fenêtre.

*Ce n'est pas ça que je souhaite.*

Un étrange intérêt avait réveillé sa curiosité. Il avait commencé à se demander quel genre de personne pouvait bien causer un tel désarroi à une femme.

*Tu ne pouvais pas t'imaginer.*

Non, il ne pouvait pas s'imaginer. Elle devait s'entretenir avec un homme, puis il s'était dit que ce devait être une femme, et à la fin, que c'était un enfant. Cette dernière idée fit trembler ses mains sur le volant.

*Tu as tort sur toute la ligne.*

Il pensait à sa propre fille. Au cours de la dernière semaine, chaque fois qu'il avait répondu au téléphone, il avait espéré entendre un miracle, une voix de fillette provenant de l'au-delà. Cet appel, il se l'imaginait quand il s'égarait dans le désespoir.

*Jamais de la vie!* avait crié la cliente dans son portable.

Il avait jeté une nouvelle fois un regard furtif dans le rétroviseur et remarqué ses cheveux séduisants.

*Tu ne comprendras jamais, n'est-ce pas*? avait-elle dit plus calmement.

Il avait ralenti, craignant qu'elle ne manquât sa destination.

*Tu n'as pas à t'inquiéter.*

Le chauffeur trouvait sa voix autoritaire difficile à supporter. Il souhaitait l'interrompre pour lui redemander où elle allait.

*Je te le dirai*, avait soufflé la femme dans le téléphone.

Manifestement fatiguée de parler, elle avait dit au revoir avec impatience, rangé son téléphone dans son sac, regardé sa montre, puis l'horloge du tableau de bord.

*Laissez-moi descendre après la prochaine intersection*, avait-elle ordonné froidement.

Soulagé, il avait accéléré et doublé avec colère le camion qui lui bloquait la voie. Dès que le taxi s'était immobilisé, la cliente lui avait tendu un billet de cent yuans. Elle avait ouvert la portière et était descendue en trombe. Il lui avait crié d'attendre un moment, qu'il devait lui rendre sa monnaie, mais la femme ne s'était pas arrêtée. Un rare sentiment de solitude s'était emparé de lui en voyant sa magnifique chevelure flottant au vent.

Il avait pensé que cette femme serait sa dernière cliente. C'est ce qu'il se disait en la regardant s'éloigner, dans le rétroviseur, tout heureux que sa dernière passagère ait nourri son imaginaire, lui ait redonné un peu d'espoir avec cette conversation unilatérale. Mais juste quand il se disait qu'il aurait dû insister pour lui rendre sa monnaie – la moitié de la somme qu'elle lui avait donnée – deux autres passagers s'étaient engouffrés dans son taxi. C'était un couple qui désirait aller non loin du stationnement de la compagnie de taxi. Il avait hésité, mais n'avait pas refusé. Sur le banc arrière, la femme et l'homme semblaient se soucier exagérément de l'espace qui les séparait, avait remarqué le chauffeur d'entrée de jeu. Il avait également noté qu'à plusieurs reprises, l'homme avait semblé sur le point de dire quelque chose, mais que le regard glacial de la femme avait freiné son élan. Apparemment, c'était elle qui maintenait ses distances. Le trafic de l'heure de pointe était infernal. Des accidents avaient complètement bloqué plusieurs artères importantes. Le pire bouchon se situait près de la grande place du centre-ville, et les avait immobilisés longtemps. Lorsqu'il avait enfin réussi à dégager son taxi, l'homme sur la banquette arrière avait finalement brisé la frontière glaciale.

*Parfois, je regrette...*

*Parfois ?* dit la femme sèchement. *Qu'y a-t-il à regretter ?*

*Vrai...*, avait-il répondu d'un air piteux. *Tout sonne faux entre nous.*

*Comment « vrai » peut-il « sonner faux ? »* avait enchaîné la femme, implacable.

Le boulevard était tellement congestionné que le taxi parcourait un mètre tous les quarts d'heure. Le chauffeur avait eu tout son temps pour en apprendre davantage sur le couple, et avait dû se retenir à plusieurs reprises de les épier dans le rétroviseur. Pour occuper son esprit avec autre chose, il s'était efforcé de réfléchir à la passagère précédente. Parce que le visage de la femme avait été d'un grand sérieux et son ton glacial pendant toute la conversation, le chauffeur était maintenant persuadé que son interlocuteur n'était pas un enfant. Cette pensée l'avait attristé. La semaine durant, il avait espéré qu'une voix d'enfant pétillante de vie communiquerait avec lui d'un autre monde.

L'homme et la femme étaient encore à couteaux tirés sur la banquette arrière. La voix de l'homme demeurait ténue, celle de la femme, fâchée.

*Je ne comprends vraiment pas pourquoi...*

*Tu n'as jamais rien compris.*

*En fait...*

*En fait, c'est comme ça. Tu ne comprendras jamais !*

*Ne pouvons-nous pas trouver un autre moyen ou du moins essayer de voir la situation sous un nouvel angle ?*

*Penses-tu vraiment qu'un autre moyen existe ?*

Parce que l'homme n'avait pas haussé le ton, la conversation ne s'était jamais transformée en dispute. Mais elle n'avait pas progressé non plus. La femme avait fait barrage à toutes les questions de son compagnon, avait maintenu chacune de ses tentatives au point d'amorce.

*Ne t'imagine pas...*, avait déclaré l'homme, à bout de ressources. Il essayait manifestement de donner une dernière chance à leur échange stérile.

*Je ne me suis jamais rien imaginé,* avait répondu la femme en lui coupant encore la parole.

Le chauffeur avait mis le moteur au point mort et actionnait légèrement le frein. Le taxi était enfin parvenu à sa destination. La femme avait tendu un billet de cent yuans au chauffeur. Lorsqu'il s'était retourné pour lui rendre sa monnaie, il avait découvert que les joues de sa cliente étaient mouillées de larmes.

La pizzeria était toujours presque déserte, et le chauffeur de taxi a fait du regard un tour d'horizon comme pour graver ce lieu dans sa mémoire. Il s'est souvenu de la manière dont il tendait une serviette de papier à sa fille en lui disant « Essuie ton visage. » Il la grondait presque. Habituellement elle s'assoyait face à lui, les lèvres couvertes de sauce. Il avait toujours été distrait. Il n'avait jamais beaucoup porté attention aux expressions de sa fille ni à sa vie en général. Il n'avait pas porté davantage attention à son épouse ni imaginé qu'elle et sa fille lui seraient enlevées. Mais en un instant, elles avaient disparu. Un vide occupait maintenant sa vie, et le conduisait à la découverte d'un passé qu'ils avaient tous trois partagé.

Depuis une semaine, il vivait un deuil qui le plongeait dans ses souvenirs. Tout d'un coup, son monde avait perdu sa voix la plus essentielle. Un silence insupportable la remplaçait. Mais il n'arrivait pas à faire taire ses pensées. Des pans longtemps négligés de son existence reprenaient vie et fonçaient droit sur son cœur pendant ses nuits sans sommeil. Il n'avait plus le courage de rentrer chez lui. Le logement vide lui faisait peur. Il craignait que ce silence impitoyable étouffe ce qui lui restait d'elles. Dans la dernière semaine, transformé en être pensif, il avait ressassé les moindres détails de ses souvenirs. Il savait bien que son état mental était incompatible avec son travail, alors il avait démissionné. Cette vie à trois qui ne l'avait jamais intéressé paraissait maintenant captivante et saturée de couleur. Il avait comblé les lacunes de sa mémoire avec des expressions et des gestes empruntés à des photos aux pixels serrés. Il ne voulait rien oublier. Dans ses pires cauchemars, elles apparaissaient devant le taxi. Il se figeait à la vue de leur visage terrifié et freinait en catastrophe, sachant qu'il avait agi trop tard. Sa douleur était insupportable.

Parfois il pensait être l'auteur de l'accident qui les avait emportées, et dans ces moments-là, il sombrait dans un abîme de culpabilité. Ce n'est qu'à la vue d'un camion surgissant dans son champ de vision que la réalité reprenait son cours et le hissait hors du gouffre. Il enfonçait alors l'accélérateur et doublait le camion dans une sorte de fureur vengeresse.

Un camion chargé de livres avait écrasé sa femme et sa fille pendant qu'il roulait avec un passager de Shenzhen à Guangzhou, la course la plus longue de sa carrière.

Il a terminé sa pizza dans le maelstrom de ses pensées. Il se rappelait les airs comiques que prenait sa fille lorsqu'ils étaient à table, et comment sa femme avait l'habitude de s'asseoir un peu à l'écart et de les taquiner joyeusement. Il a avalé sa dernière gorgée de cola, a vidé les glaçons sur la table et les a placés en ligne. Sa fille faisait toujours cela. Incapable de supporter la vue de cette ligne de glaçons, il a fermé les yeux. Il a visualisé les doigts délicats de son enfant qui faisaient glisser les glaçons sur la surface en mélamine. Ces gestes auparavant anodins lui étaient devenus précieux. Bouleversé, il a rouvert les yeux et s'est tourné vers la fenêtre pour contempler le rythme urbain étourdissant. La scène familière lui parut étrangère tout à coup. Pendant les quinze dernières années, il avait parcouru de jour comme de nuit les rues de cette ville, et elle ne conservait aucune trace de son passage.

Il était convaincu de ne pas pouvoir continuer à vivre dans cette cité. Il a décidé qu'il retournerait à la campagne pour s'occuper de ses parents vieillissants et leur tenir compagnie. Seule leur présence, croyait-il, pourrait apaiser son esprit. Quinze ans s'étaient écoulés depuis qu'il les avait quittés. Sa réapparition dans leur quotidien leur semblerait une sorte de résurrection, tiendrait du miracle. Il anticipait le bonheur que son retour leur apporterait. Il rêvait même que dans quinze ans, un pareil miracle lui ramènerait sa fille et sa femme. Oui, il retournerait dans sa ville natale. Il espérait y redonner un sens à sa vie et y retrouver la tranquillité d'esprit dont il avait atrocement besoin.

Ses deux dernières courses l'avaient quelque peu ragaillardi. Il avait été surpris de constater que la vie l'intéressait toujours. Son extrême chagrin avait affecté son ouïe, mais voilà qu'il entendait clairement à nouveau. Il captait la voix des autres. Et il était encore curieux à leur sujet. Il avait effectivement saisi les paroles touchantes de son vieux collègue au bureau de taxi : « Ces pauvres filles ! » Le chauffeur avait été secoué, incapable de répondre. Il s'était détourné et s'en était allé sans faire de vagues, comme s'il n'avait pas entendu le cri du cœur du vieil homme. Il avait eu peur de l'entendre. Il avait eu peur de lui-même.

Il abandonnerait donc son identité urbaine, refuserait l'offre bienveillante de l'entreprise de demeurer à son service. Après avoir rempli la paperasse jeudi prochain, après y avoir apposé sa dernière signature, il ne serait plus chauffeur de taxi. Sa décision était irrévocable. Il a détourné son regard de la rue achalandée sans apercevoir, à quelques mètres de lui, une mère et sa fille en grande discussion sur le trottoir. Il a baissé les yeux sur la table. La ligne de glaçons avait fondu. Il a tracé du bout des doigts un sillon dans l'eau froide, comme s'il caressait le passé. Tout à coup, le bout de ses doigts a touché ceux de sa fille. Il a entendu son rire pétillant et sa femme lui demander pourquoi elle riait si joyeusement. Mais la petite n'a pas répondu. Elle a plutôt pressé ses doigts contre ceux de son père comme elle le faisait toujours pour l'inviter à jouer à leur habituelle bataille de doigts. Il a accepté et s'est mis à pousser doucement les doigts de son enfant. À tout coup, une faible pression lui suffisait pour remporter la joute, pour faire reculer la main enfantine. Cette fois ne faisait pas exception. Il a poussé sa main délicate à travers l'eau. Mais au dernier instant, juste au moment où les petits doigts joueurs franchissaient le bord de la table, le chauffeur de taxi a senti qu'une catastrophe allait s'abattre sur lui. Il a essayé d'attraper la petite main espiègle avant qu'elle ne tombe dans le néant, mais il en a été incapable.

Il savait qu'il avait manqué cette occasion de saisir la douce main de son enfant, que jamais il n'en aurait une autre. C'était la dernière fois qu'il passait du temps avec elle dans cette ville. Leurs doigts enjoués ne parcourraient jamais plus la surface de cette table. Il quitterait la cité pour ne jamais y revenir.

Pour la ville qui était redevenue étrangère au chauffeur de taxi, il était déjà parti, il avait disparu avec sa femme et sa fille. Ce départ en famille lui conférait une sérénité qu'il n'avait jamais éprouvée auparavant. Il était tellement remué par ce sentiment de paix et de calme d'une pureté incomparable qu'il a fini par éclater en sanglots.

## La secrétaire

Donc, elle avait voulu fuir cette ville devenue trop rude, mais elle n'aurait jamais pensé s'installer un jour dans un village endormi de la Louisiane. La maison qu'elle venait d'acheter était posée sur une colline en forme d'œuf. De la fenêtre de sa chambre, elle voyait les levers et les couchers du soleil. Elle avait un emploi stable, un mari fiable et, à trente-six ans, elle avait donné naissance à un adorable petit garçon enjoué. Son seul souci était que ce fils ne parlerait jamais sa langue maternelle.

Elle avait vingt-cinq ans lors de son arrivée dans cette ville par la suite devenue si rude. Le choix de cette ville relevait complètement du hasard. C'est du moins ce qu'elle avait longtemps cru. Cependant, après son accouchement, son corps et son esprit avaient commencé à changer. Elle n'était plus aussi entêtée, et ses convictions inébranlables avaient disparu. Plus tard, elle en était venue à penser que son implantation dans cette ville n'avait tenu qu'en *apparence* au hasard. Un homme qu'elle avait connu à l'université lui avait parlé d'une métropole du commerce que l'on construisait une brique à la fois dans le sud du pays. Une entreprise de là-bas l'avait mandaté pour recruter un traducteur anglais, et il lui avait demandé si elle pouvait lui recommander quelqu'un. Elle s'était recommandée elle-même. Après un bref entretien téléphonique, le patron l'avait embauchée sur-le-champ. De plus, le salaire qu'il lui offrait l'avait laissée sans voix. Ils avaient déterminé la date de son entrée en fonction lors d'un deuxième appel.

La veille de son départ, elle avait pédalé sans but dans les rues de la cité où elle avait grandi. Tandis que son vélo parcourait ces chemins familiers, elle pensait à cette ville qui l'attendait au loin. Elle se projetait dans l'avenir. Elle était emballée. Depuis quelques années, elle souhaitait quitter la cité qu'elle avait toujours habitée. Elle y avait vécu sa jeunesse, sa vie d'étudiante. Mais dès les débuts de sa vie professionnelle, un sentiment d'ennui l'avait submergée. Non pas à cause de l'emploi qu'elle avait décroché, mais parce qu'elle l'accomplissait dans un cadre routinier.

Elle n'avait même pas de vrais amis dans sa ville natale. Elle préférait la solitude. Seule, elle se sentait libre et épanouie, alors que la cohue des foules la rendait mélancolique. Cette propension à la solitude l'habitait depuis le décès subit de son père. Il était mort dans un accident de voiture. Un évènement fortuit qui selon elle n'était dû qu'au hasard. De cela, elle en demeurerait convaincue à jamais. Cet accident insensé l'avait tellement affectée qu'elle en avait presque perdu le goût de vivre. Elle adorait son père. Elle se souvenait que lorsqu'elle était petite, il participait à des réunions d'autocritique où chacun se soumettait à son tour au blâme public. Avant de partir pour ces réunions, il la prenait sur ses genoux et lui chantait « L'Hymne pour les soldats volontaires », un air dont il ne se lassait jamais. Pour elle, le sens même du mot « intimité » prenait racine dans ces moments de chant partagés. Sa mère tolérait à peine ces rapprochements père-fille, et rappelait vertement à son époux que c'était l'heure pour lui de se mettre en route. Son père semblait avoir peur de sa mère, mais cette dernière affirmait avoir peur de lui. Enfant, elle ne comprenait pas pourquoi leur relation était aussi tendue, et elle n'avait pas eu l'occasion de le lui demander avant cet accident absurde.

Chaque fois qu'elle pensait à son père, un questionnement sur la manière de mener son existence la saisissait. Elle lui enviait sa jeunesse faite de voyages à l'étranger. Il s'était rendu en Corée, où il était devenu un correspondant de guerre reconnu. Les reportages qu'il avait écrits au sujet des soldats de l'Armée populaire de libération qui affrontaient héroïquement, ou violemment selon les points de vue, les démons américains, avaient galvanisé la jeunesse. Jeunesse dont faisait partie sa future épouse, encore au lycée. Sa mère déclarait que tout ce qu'elle savait au sujet de la guerre, elle l'avait appris grâce à ses reportages. Au début, elle croyait que sa mère adressait un compliment à son père, mais plus tard, elle a compris que c'était plutôt un reproche. Elle ignorait ce qui s'était passé entre eux. Elle adorait son père, et cet amour l'empêchait de prendre le recul nécessaire pour définir la relation de ses parents.

Elle avait toujours envié à son père la chance qu'il avait eue de prendre le large. Un jour, il lui avait parlé de sa conception d'une vie « passée à voyager », soutenant que souvent, l'endroit où l'on aboutit ne correspond pas à notre destination. Elle trouvait ses propos bien philosophiques. Il sortait des phrases telles que : « Parfois la destination est plus proche que celle où l'on arrive, et parfois elle est plus loin. » Ou encore : « Les destinations des vies sans destination sont celles qui sont les plus lointaines. » Ce n'est qu'en s'approchant du corps de son père aux funérailles qu'elle a compris la signification de ses phrases énigmatiques, y compris ce qu'il avait dit lorsqu'elle avait posé sa candidature pour étudier l'anglais à l'université : « Naguère l'anglais était la langue de l'ennemi, maintenant c'est celle de nos amis. Voilà comment va la vie. Parfois on dirait que quelque chose est arrivé, alors que parfois on dirait que ce n'est pas arrivé du tout. »

Elle visait une destination lointaine. Elle voulait vivre dans ses valises et parcourir de grandes distances. Rester dans sa ville natale et y mourir l'emplissait de terreur. Mourir dans la ville où elle était née équivaudrait à ne pas avoir vécu du tout. Alors, elle avait décidé de tout laisser. La veille de son départ, elle parcourait sans but les rues familières de sa ville à vélo. Elle pensait à son père et s'imaginait que sa belle âme serait heureuse de la guider ou de la suivre dans les chemins qu'elle emprunterait. Elle croyait que la passion pour ces contrées lointaines qui avait habité son père était à la fois bénédiction et louange éternelles pour la route qu'elle-même choisissait.

Trois jours plus tard, assise dans un bureau du quinzième étage de la plus haute tour de la ville nouvelle, son enthousiasme s'était déjà refroidi. Elle avait découvert que son rôle au sein de l'entreprise n'était pas celui d'une traductrice. De prime abord, ses tâches semblaient plus faciles, mais au fond, elles s'avéraient bien plus complexes. En faisant le tour du bureau pour la présenter à ses collègues, son patron l'avait appelée « la nouvelle *fille secrétaire* ». Elle n'avait jamais trouvé le travail de secrétaire valorisant, et en plus, elle ne comprenait pas pourquoi son patron spécifiait son genre dans son titre d'emploi, alors qu'elle appartenait manifestement au sexe féminin. Avec le temps, elle s'habituerait à ce titre dépréciatif, mais il contribuerait grandement à son désenchantement envers cette ville et à ses inquiétudes quant à son avenir. Elle avait rapidement compris que même si elle avait quitté sa ville natale, elle n'avait pas progressé. Elle a commencé à prendre du poids et à avoir l'impression de perdre sa maîtrise de l'anglais faute d'occasions de l'utiliser. Cependant, elle avait appris le cantonais en un tour de main, et lorsqu'elle s'était mise à l'utiliser pour échanger avec les clients dont c'était la langue maternelle, son patron avait exprimé haut et fort son admiration. Il avait même déclaré que l'aptitude pour les langues de la *fille secrétaire* donnait un avantage concurrentiel à l'entreprise. La réaction de son supérieur l'avait déconcertée. Selon elle, il existait une hiérarchie des langues, et l'anglais occupait le haut de la pyramide. Par contre, elle ne laissait pas paraître son amour pour l'anglais ni le déclin de ses habiletés à le parler. Elle avait réservé une place à l'anglais dans son monde personnel et gardait un exemplaire de *Sense and Sensibility* de Jane Austen dans un tiroir de son bureau. Durant la brève pause du midi, elle s'enfermait pour en lire tranquillement quelques pages. C'était son moment préféré de la journée. Ces mots la renvoyaient à ses années universitaires et à ce jeune professeur de Brighton qui lui avait offert ce roman pour son anniversaire. Ses compagnons de classe pensaient qu'il avait le béguin pour elle, mais il avait finalement épousé une autre étudiante. Cette expérience lui avait appris que parfois la vie calque les romans.

Durant les premiers mois, elle recevait plusieurs lettres d'amis et d'élèves. L'anglais de ses étudiants contenait souvent des expressions qu'elle ne saisissait pas, ce qui ne l'aidait en rien à remonter sa confiance ou son moral. Ses étudiants écrivaient qu'ils se languissaient d'elle (son cours de grammaire était populaire) et que tous admiraient son talent et son courage. Quitter un poste permanent pour tenter sa chance dans une ville quasi mythique qui avait poussé comme un champignon n'était certes pas banal. Sans mentionner le fait qu'elle vivait seule cette aventure. Son changement de cap personnel et professionnel faisait encore des vagues à l'université où elle avait travaillé.

Elle soupirait à l'idée que son emploi ne lui demandait ni de parler anglais ni de faire preuve de courage. Voir à la correspondance, répondre au téléphone, classer les documents... ces tâches routinières l'ennuyaient, alors que l'autre volet de ses fonctions la rebutait carrément. On attendait d'elle qu'elle participe à des repas d'affaires après les heures de bureau. Chaque fois que son patron rencontrait des clients dans des restaurants tape-à-l'œil, il lui demandait de se joindre à eux. Elle y allait à reculons, ne pouvant pas refuser. Elle abhorrait la façon de parler et les sujets de conversation de ces gens qui n'en avaient que pour l'argent et le pouvoir. Une fois, l'un d'eux était venu se coller à elle pour lui susurrer qu'elle était belle. Son patron s'était matérialisé à ses côtés et avec un air d'humilité feinte avait rétorqué : « Voyons, votre secrétaire est bien plus mignonne ». Ils parlaient comme des collectionneurs. Elle les trouvait d'un ennui mortel.

Une autre fois, s'ennuyant ferme, elle avait quitté la table et était montée sur la scène à l'avant du restaurant. Les paroles d'une chanson populaire anglaise défilaient sur un écran de karaoké. Elle avait empoigné le micro et s'était mise à chanter. La beauté de sa voix avait soufflé les convives. Plusieurs années après, pendant qu'elle attendait impatiemment le retour de son mari qui avait fait un séjour à Boston, elle avait compris que sa décision de chanter ce soir-là avait transformé le reste de sa vie. Elle avait ressenti la vive morsure du regret. Elle n'aurait pas dû se montrer aussi téméraire. Pourquoi avait-elle décidé de sortir de sa coquille ? Son mari était finalement rentré beaucoup plus tard que prévu. Il lui avait expliqué qu'un accident de la route près de l'aéroport avait immobilisé la circulation, qu'il avait été pris dans le trafic.

En descendant de la scène, elle ne pensait pas avoir agi sur un coup de tête. Elle avait reçu avec plaisir les félicitations en disant qu'elle avait la voix de sa mère. Mais dès qu'elle avait prononcé ce mot, « mère », elle l'avait regretté. Elle ne souhaitait pas répondre à des questions au sujet de cette femme, ne tenait pas à expliquer qu'à la suite des comptes-rendus envoyés par un certain correspondant de guerre sur le front, elle avait joint l'armée comme chanteuse. Elle ne voulait pas avouer que ses parents avaient été malheureux ensemble, qu'ils se disputaient tous les jours, souvent pour des peccadilles. Elle ne voulait pas expliquer que pendant sa première année à l'université, sa mère avait demandé le divorce et avait ensuite épousé l'un des chefs de son ancien camp militaire. Bref, elle ne souhaitait pas parler de sa mère.

Le lendemain de cette soirée, son patron l'avait invitée pour un repas en tête à tête au restaurant rotatif au sommet de la plus haute tour de la ville. Elle était épuisée mais n'avait pas osé refuser. Comme à l'habitude, il lui avait demandé de choisir les plats, car elle savait si bien agencer les saveurs. La commande passée, il s'était mis à parler d'un ton lourd de sa femme et de l'animosité grandissante qu'il ressentait envers elle. Elle n'avait pas envie de participer à ce genre de discussion et laissait errer son regard du côté de deux serveurs qui chuchotaient debout dans l'entrée. Son supérieur continuait à déblatérer contre sa femme, arguant qu'elle n'avait aucun goût. Elle avait failli lui lancer : « Vous n'avez pas de goût non plus ! » Mais elle s'était retenue. Elle avait encore la tête tournée vers les serveurs lorsqu'elle avait entendu son patron dire d'une voix sérieuse qu'il n'avait pas couché avec sa femme depuis fort longtemps. Elle avait ramené son regard vers la table pour s'apercevoir qu'il la dévisageait. Elle ignorait pourquoi il la regardait ainsi et pourquoi il lui confiait cette information intime. Ses collègues colportaient des cancans au sujet du patron, et elle avait déjà perdu tout enthousiasme pour son emploi. Néanmoins, elle s'accrochait toujours à un mince filet de respect pour cet homme. Ce respect a fait en sorte que le message sous-entendu de son patron n'a pas sur le coup trouvé prise dans son esprit. Ce n'est que quelques mois plus tard, alors qu'elle avait perdu tout respect pour lui, qu'elle avait mesuré la portée de ses paroles. Nul doute, ce premier repas en tête à tête était un moment clé de son parcours dans cette ville.

Le week-end suivant, son supérieur l'a à nouveau invitée à dîner seul avec lui en prétextant vouloir discuter de travail. Elle n'avait aucune envie d'y aller, mais encore une fois, elle n'a pas osé refuser. Plusieurs années plus tard, elle regretterait de s'être prêtée au jeu, car dès les premières assiettes déposées sur la table, il a recommencé à parler contre son épouse. Il disait qu'elle n'avait jamais vraiment éprouvé de sentiments amoureux pour lui, et qu'il ne l'avait jamais aimée en retour. Les yeux rivés sur la myriade de plats, elle s'efforçait de faire abstraction des propos de son patron. Les affaires sentimentales des autres ne l'intéressaient pas. N'en pouvant plus, elle lui a demandé :

– Pourquoi me parlez-vous de votre vie de couple ? En quoi est-ce relié au travail ?

– Tu ne te doutes de rien? lui a-t-il répondu en la dévisageant.

D'un geste brusque, il lui saisit la main.

–Tu me plais ! Tu ne l'as pas encore compris ?

Elle a retiré sa main. Elle aurait voulu se lever et partir, mais elle était figée par la surprise. Son patron s'est mis à chanter ses louanges et à lui révéler la profondeur de ses sentiments pour elle. Elle est restée muette pendant tout le repas, incapable de toucher à son assiette alors que lui avalait un verre d'alcool blanc après l'autre. À la fin du repas, il peinait à se mettre debout. Elle l'a soutenu par le bras et ils ont réussi à quitter le restaurant. Il lui a déclaré ne pas vouloir rentrer chez lui. Il n'avait plus de chez lui. Il voulait aller au bureau. Le bureau était son chez lui. Elle était mal à l'aise de se retrouver si tard, seule avec son supérieur, mais elle s'inquiétait pour lui. Elle a appelé un taxi, mais le chauffeur a refusé de les prendre. Il a d'abord prétendu qu'ils souilleraient son véhicule, puis qu'il devait rejoindre sa femme et sa fille. Elle a ignoré les propos du chauffeur et d'un geste énergique a fait asseoir son patron sur la banquette arrière.

Lorsqu'ils sont arrivés à destination, elle a tendu un billet au chauffeur en lui disant de garder la monnaie. Les yeux de l'homme au volant étaient mouillés de larmes. Pendant le trajet, il avait raconté que sa femme et sa petite fille n'étaient pas rentrées depuis deux jours, qu'il devait les trouver.

Tant bien que mal et en le soutenant toujours par un bras, elle a réussi à mener son patron ivre à la tour commerciale, puis dans l'ascenseur, et jusque dans les locaux de l'entreprise. Elle l'a couché sur un canapé et il a marmonné qu'il voulait de l'eau. Elle lui en a versé un verre et le lui a tendu en l'intimant de n'en boire qu'une petite gorgée. Elle a constaté que l'homme en état d'ébriété avalait avec difficulté. Elle s'est agenouillée à ses côtés, ne sachant pas quoi faire pour le soulager. Soudain, il a commencé à vomir violemment. Elle s'est retrouvée éclaboussée de tout ce qu'il avait avalé au restaurant. Une odeur immonde s'est mise à flotter dans la pièce.

C'était la première nuit qu'elle passait au bureau. Ce soir-là, son patron a beaucoup pleuré. Il lui a dit qu'il souhaitait divorcer depuis longtemps, que son mariage était irrémédiablement brisé, et que tout cela n'avait rien à voir avec elle. Mais il lui a avoué que dès qu'il avait entendu sa voix au téléphone, il avait ressenti comme une décharge électrique traverser son corps en entier. Il avait su dès lors qu'un jour elle lui appartiendrait. Il soutenait que la beauté de sa voix et sa manière exquise de chanter l'avaient complètement transformé. Il éprouvait le besoin de repartir à zéro, il voulait maintenant changer sa vie.

Pendant que son patron cuvait son vin, elle a passé une nuit blanche à converser en esprit avec son père à travers les effluves éthyliques et nauséabonds. Père et fille ont discuté des lieux où il avait voyagé. Elle lui a soumis que ses reportages de correspondant de guerre étaient peut-être sa plus importante destination. Il n'avait jamais été complètement satisfait de ses reportages, lui a-t-il répondu. Comparés aux scènes dont il avait été témoin, les articles qu'il avait écrits n'étaient que du bouillon clair. Son père occuperait son cœur entier jusqu'à l'âge de trente-six ans. Lorsqu'elle donnerait naissance à son enfant, l'amour qu'elle vouait à son père serait tout naturellement transféré à ce nouvel être. C'est pendant cette nuit sans sommeil qu'elle a décidé que son cœur appartiendrait exclusivement à son père, et qu'elle l'aimerait avec le plus pur esprit féminin. Plus tard, lorsque son patron l'a pénétrée brutalement, elle se répétait cette promesse.

Elle n'a jamais encouragé son patron à demander le divorce. Elle savait qu'elle ne deviendrait jamais sa femme et ne souhaitait pas le devenir. Elle considérait leur relation comme partie intégrante de ses tâches. Parce que sa charge de travail avait augmenté considérablement, elle trouvait normal que son patron hausse son salaire. Ce qui ne l'empêchait pas de vouloir tout plaquer. Pas seulement son emploi et ses petites besognes après les heures de bureau, mais cette ville aussi. Elle rêvait même de quitter son pays et sa langue. Elle possédait une autre langue, c'était son capital, sa fierté. Elle était convaincue qu'un jour cette langue étrangère lui ouvrirait des portes, lui offrirait de nouveaux horizons. Elle gardait espoir de se bâtir une vie en anglais qui lui ressemblerait.

Elle a commencé à trouver toutes sortes de raisons pour se défiler du flot continu des repas d'affaires. Elle voulait redevenir maîtresse de son temps, de son environnement et coucher ses émotions sur papier comme elle le faisait pendant sa période estudiantine. Elle était pleine d'entrain. Elle possédait un capital et se sentait forte. Quand elle accompagnait son patron en voyage d'affaires, elle prétextait la fatigue pour ne pas participer aux repas interminables avec les clients. Leurs conversations superficielles lui donnaient presque la nausée. Restée seule dans la chambre d'hôtel, elle savourait ces intermèdes tranquilles. Pendant ces brefs moments, elle n'était plus la « fille secrétaire ». Débarrassée de cette étiquette abominable, elle se sentait entière et pleine de vie, comme si elle touchait une destination lointaine qui était véritablement la sienne. Elle s'assoyait sur la moquette et écrivait ses pensées les plus secrètes. Parfois, elle transcrivait les conversations qu'elle avait eues avec son père. « Chaque jour je me sens un peu plus déçue par la vie », lui avait-elle dit un jour. Comme lui, elle voulait voyager, partir. Aller plus loin.

Un jour, elle a oublié de mettre son carnet en lieu sûr avant de s'endormir sur le canapé. Elle ignorait quand son patron était rentré, mais lorsque les gestes de l'homme l'ont réveillée, il serrait son carnet dans son poing. Elle a tenté de le reprendre, mais avant qu'elle puisse le saisir, il l'a utilisé pour la frapper au visage. Ce geste l'a révoltée, mais elle a réussi à maintenir son calme.

– Donne-moi mon carnet, lui a-t-elle dit d'une voix neutre.

– J'ai été si bon pour toi ! Pourquoi te plains-tu ? lui a-t-il crié en déchirant les pages en mille morceaux.

Il a ensuite ramassé à deux mains les multiples fragments et s'est dirigé vers la salle de bain, où il a fait tomber une pluie de papier dans la cuvette.

Elle retenait ses larmes. Jamais elle ne pleurerait devant un homme pour qui elle n'éprouvait aucun respect.

– Qui est-ce ? a hurlé son patron en la saisissant par les cheveux.

Elle n'a pas répondu. Elle a gardé les yeux clos tout comme elle le faisait lorsqu'il se couchait sur elle. Elle refusait de communiquer avec lui par le regard. Elle ne voulait pas le voir. Elle le refusait.

Il lui a secoué la tête par les cheveux.

– Alors, tu l'aimes ! Tu ne m'as jamais dit que tu m'aimais...

Un silence s'est abattu un moment sur la chambre. Puis, il a poursuivi son dialogue de sourds.

–Tu ne m'as jamais aimé !

Elle savait qu'il ne pouvait comprendre que quelques mots dans son carnet, dans lequel elle écrivait en anglais. Mais elle ne voulait rien lui expliquer, ne voulait pas lui dévoiler que le « tu » à qui elle vouait un amour sans bornes était nul autre que son père. Cela n'aurait servi à rien. Selon elle, seul le silence pouvait aider à dissiper les effets de cette explosion brutale.

Son patron l'a poussée violemment sur le canapé. Puis, avec la vulgarité qui le caractérisait, il a quitté la pièce. Elle a attendu longtemps avant de bouger. Elle a mis sa tête dans ses mains, comme pour rassembler les morceaux épars de sa vie. Elle ne pouvait s'empêcher de penser aux bons moments qu'elle avait vécus dans cette ville qui lui était devenue si rude. Son avenir lui paraissait sombre et elle ne pouvait s'imaginer comment poursuivre. L'horloge indiquait minuit. Elle s'inquiétait des gestes que pourrait faire son patron dans un tel état de colère. Elle s'en voulait de n'avoir pas répondu à la question *Qui est-ce ?* Elle a fermé les yeux en sachant très bien qu'elle passerait une autre nuit blanche.

Des amis ont ramené son patron en état d'ébriété au petit matin. Elle leur a demandé de le déposer sur le lit et elle a couvert son corps d'un drap frais. Il a dormi une journée entière. Elle est demeurée à ses côtés, perdue dans ses réflexions. Elle a décidé que dès qu'il se réveillerait, elle lui annoncerait qu'elle le quittait. Après son annonce, il lui a déclaré que c'était impossible. Il lui a dit que si elle mettait un terme à leur relation, ce serait comme si elle le tuait. Donc si elle le quittait, il devrait la tuer.

La semaine suivante, elle a quitté l'entreprise et déniché un petit appartement dans le complexe immobilier *La vague de jade*. Son patron n'était pas mort à cause de son départ et n'avait pas cherché à la trouver pour la tuer.

Son visa d'étudiante pour les États-Unis est arrivé six mois plus tard. Avant son départ, elle est retournée dans sa ville natale et a déposé une rose sur la tombe de son père. Des bribes de certains passages qu'elle avait inscrits dans son carnet lui sont revenues. Des mots d'amour pour ce père qui lui manquait. Une étrange impression la hantait. Elle sentait que, dans un avenir lointain, un accident de voiture l'attendait pour lui prendre sa vie et la ramener auprès de celui qu'elle aimait.

Mais elle ne pensait jamais qu'elle s'installerait dans un village endormi de la Louisiane. Elle ne pensait jamais qu'à trente-six ans, elle donnerait naissance à un adorable petit garçon enjoué. Et elle ne pensait jamais qu'elle souhaiterait ardemment que cet enfant puisse lui parler dans sa langue maternelle pour lui demander si elle avait eu un père et d'où elle venait.

# Le dramaturge

Chaque matin à 10 h 20, il marchait jusqu'à la limite ouest du jardin du complexe résidentiel et se tenait debout devant l'allée des pins de deux mètres de hauteur. Beau temps, mauvais temps, il était là. Pendant une quinzaine de minutes, il demeurait immobile, tête un peu inclinée par en avant, yeux clos et bras pendant le long du corps. À en juger par son visage peiné, il ne pratiquait pas le Qi Gong. Il priait en silence.

Les voisins l'avaient surnommé *le bizarroïde,* mais selon moi, bizarroïde ne lui convenait pas. Dès le début, j'avais senti que le terme excentrique lui allait mieux. Il ne semblait pas appartenir à cette communauté de voisinage, ni même à cette ville, malgré sa diversité démographique. C'était le personnage le plus excentrique que je n'avais jamais vu.

Sauf pour son infaillible apparition quotidienne de 10 h 20, il sortait rarement de sa tanière. Et lorsqu'il se montrait, sa présence affectait les gens de manière contradictoire. Il saluait toujours les voisins par un hochement de tête amical, ce qui donnait l'impression qu'il était facile à aborder.

Mais il restait sur son quant-à-soi et ne leur donnait jamais l'occasion de s'adresser à lui. Il se comportait ainsi depuis bientôt trois ans. Personne ne savait d'où il venait. Personne ne savait pourquoi il habitait seul ici. Et personne ne savait s'il resterait.

Son identité a été révélée de façon inattendue il y a trois semaines. Pendant une pause entre deux cours, je feuilletais un journal abandonné sur la table à thé dans la salle des profs. Dans la section Arts et spectacles, j'ai découvert une page entière qui lui était consacrée. Le théâtre ne m'intéressait guère, mais je connaissais le titre de deux de ses chefs-d'œuvre. En préambule, on expliquait dans l'article que ces deux pièces en question avaient été traduites en japonais, en italien et en allemand, qu'elles avaient été montées par les plus grands hommes de théâtre et jouées par des acteurs célèbres. Le journal rapportait aussi que ces pièces suscitaient des critiques dithyrambiques partout où elles étaient présentées.

J'ignore comment j'ai réussi à passer au travers du cours suivant. J'avais hâte de rentrer pour partager ma découverte accidentelle avec ma famille et mon entourage... Finalement, la cloche a sonné la fin de la période... L'autobus m'a déposé près de la grille de notre complexe d'habitation. En voyant un voisin qui choisissait des mangues à l'étal devant le supermarché, j'ai couru vers lui pour lui communiquer ma nouvelle, emballé et à bout de souffle.

Étrangement, mes révélations ne l'ont aucunement surpris. En fait, tous les résidants du complexe connaissaient déjà l'identité du bizarroïde.

La photo qui accompagnait l'article était récente, puisqu'il se ressemblait en tous points. Elle montrait le dramaturge, la mine fière, assis sur une chaise pivotante. Derrière lui se trouvait une étagère sur laquelle reposait une édition reliée des *Œuvres complètes de William Shakespeare*, la même qu'à la bibliothèque universitaire. S'il avait penché un peu la tête, il en aurait caché le titre. C'était l'unique bouquin anglais sur les rayons. Il faisait écho au t-shirt à l'effigie de Shakespeare qu'il portait – t-shirt qu'il portait tous les jours d'ailleurs. Une citation, probablement tirée d'une pièce de Shakespeare, était inscrite sur le devant, juste au-dessus du crâne dégarni de l'auteur : « Ma seule voie maintenant. » Avant de me mettre au lit, j'ai scruté la photo du journal et relu l'article mot à mot pour en savoir davantage. Entre les lignes du texte, l'image du dramaturge planté devant une rangée de grands pins à 10 h 20 tous les matins en posture de prière silencieuse s'imposait à moi. Si le chroniqueur avait été l'un de nos voisins, il lui aurait certainement demandé pourquoi il ne sortait qu'à cette heure précise et à qui il adressait ses suppliques.

En début d'entrevue, le chroniqueur demandait pourquoi le dramaturge avait annoncé sa retraite il y a trois ans, alors qu'il n'en avait pas encore cinquante. Une entrée en matière percutante susceptible de piquer autant l'intérêt des lecteurs qui connaissaient déjà son œuvre que la curiosité des gens qui n'en avaient jamais entendu parler. Sa réponse était concise et candide. Le drame avait épuisé sa passion pour l'écriture scénique. Futé, le journaliste avait saisi qu'il ne lui révélait que la pointe de l'iceberg, et lui avait demandé de s'expliquer. De toute évidence, l'homme de théâtre n'avait pas apprécié cette insistance. Il ajouta seulement que des tragédies avaient ponctué sa vie, sans fournir de détails. Le journaliste ne s'était pas satisfait de cette réponse et était revenu à la charge en lui demandant si une tragédie en particulier avait causé son soudain renoncement à ses activités professionnelles et sa nouvelle vie d'ermite. Manifestement, cet acharnement avait exaspéré le dramaturge. Il avait envoyé une pique. On pouvait difficilement l'accuser de vivre en ermite, puisqu'il avait accepté de donner cette entrevue.

Ainsi se terminait la petite échauffourée sur sa vie privée. Mais cette tension initiale dans l'article soulevait plusieurs questions : de quelle sorte de tragédie s'agissait-il ? Pourquoi avait-il choisi d'immigrer en solitaire dans *cette* ville ? Et pourquoi avait-il soudainement décidé de révéler son identité au grand jour après avoir vécu dans l'ombre pendant trois ans ? Ces réflexions ont fait naître en moi le désir de m'approcher de cet homme. Il était non seulement la première célébrité que je rencontrais, mais de loin la personne la plus excentrique que la vie avait mise sur mon chemin. Je ne pouvais pas m'imaginer un être humain répéter exactement les mêmes gestes chaque jour à la même heure, et ce, sans exception durant trois ans. Et j'avais du mal à comprendre comment un homme pouvait saluer ses voisins avec un gentil signe de tête et pourtant refuser de leur adresser la parole ou de tisser des liens avec eux.

Je voulais lui parler... devenir son ami.

J'étais certain d'être rejeté si je prenais l'initiative de l'approcher. La meilleure stratégie était de le laisser prendre les devants. Je devais donc trouver une façon d'attirer son attention, d'éveiller sa curiosité envers moi. J'ai pensé à Shakespeare, ou plus exactement à ses *Œuvres complètes*. Je n'avais pas franchement d'attirance pour cet auteur. Je n'avais toujours pas oublié le cours universitaire obligatoire sur ce barde auréolé de mystère, que j'avais passé de justesse et que j'aurais échoué sans l'examen de reprise. Mais Shakespeare servirait de pont entre le dramaturge excentrique et moi. J'en étais convaincu.

J'ai emprunté le livre à la bibliothèque de l'université, et le matin suivant, à 10 h 25, je l'ai mis sous mon bras et je suis parti en direction du jardin. Stratégiquement, je me suis installé sur la pelouse, à une vingtaine de mètres de la rangée de pins. Au lieu de poser le livre dans l'herbe, j'ai pris soin de le tenir dans mes mains, de façon à ce qu'il puisse voir la couverture. Ce qui revenait à dire qu'il me verrait, moi... Mais je ne pensais pas devoir attendre aussi longtemps. J'ai dû répéter ma manœuvre pendant quatre jours. Finalement, j'ai lu en entier *Le marchand de Venise* avant que ne se joue la scène que j'espérais avec tant d'ardeur. Mes efforts ont finalement été récompensés. Le quatrième jour, le dramaturge a terminé sa silencieuse prière matinale et, en me croisant sur le chemin du retour, il m'a enfin remarqué. Il s'est arrêté net.

– Êtes-vous en train de lire Shakespeare dans le texte original ? m'a-t-il demandé.

Je lui ai expliqué que j'enseignais l'anglais à l'université, que mon domaine d'expertise était la langue anglaise.

Un sourire s'est dessiné sur son visage.

– Je ne peux pas en comprendre une seule ligne, mais ce livre fait aussi partie de ma bibliothèque.

J'ai feint la surprise, comme si je n'avais pas scruté dans ses moindres détails sa photo dans le journal.

– Une amie m'a offert mon exemplaire, ainsi que les deux chandails que je porte en alternance, a-t-il dit en tirant sur le devant de son t-shirt.

Que le livre sur son étagère soit intimement lié à ce vêtement m'a surpris.

– Cette amie m'a envoyé ce t-shirt de la ville natale de Shakespeare, a-t-il ajouté.

Sa voix trahissait une grande tristesse.

– Je n'y suis jamais allé... j'ai laissé passer cette occasion.

À nouveau, j'ai perçu un immense regret enfoui dans son cœur. Je ne pouvais pas savoir ce qu'il voulait dire par « laissé passer », mais j'ai acquiescé d'un signe de tête à son désir de visiter la ville natale de cette légende. Puis, j'ai mentionné l'article dans le journal. Le dramaturge s'est incliné humblement et m'a tendu la main.

Je l'ai saisie avec toute la force de mon ravissement. Non seulement je serrais la main d'une personne connue pour la première fois, mais en plus, mon plan d'approcher l'être le plus excentrique que je n'avais jamais vu avait fonctionné.

L'homme a patiemment attendu que je lâche sa main pour me demander avec un air grave :

– Quelle est votre œuvre shakespearienne préférée ?

Cette question m'a pris de court. Avouer que je n'en aimais aucune ne me semblait pas gagnant. J'ai tergiversé pendant quelques instants, poussant des « heu » sonores, puis j'ai répondu que je les aimais toutes.

Le dramaturge a aussitôt compris que ce petit professeur d'anglais connaissait moins que rien aux œuvres de Shakespeare et il a éclaté d'un rire indulgent.

J'ai profité de l'occasion pour faire un pas dans sa direction. Aussitôt près de lui, je lui ai retourné sa question.

– *Othello*, a-t-il répondu sans même réfléchir. Évidemment, *Othello*.

Pourquoi « évidemment » ? avais-je envie de demander. Mais la réaction négative du dramaturge face à l'acharnement journalistique était fraîche dans ma mémoire, et je me suis retenu.

Du bout de son index, il a touché l'inscription sur son t-shirt.

– Mon amie m'a dit que c'est tiré d'*Othello*. C'est la phrase que prononce Othello avant de se donner la mort.

Cette explication m'a ébranlé. Voulait-il dire qu'elle avait choisi de lui offrir ce cadeau à cause de cette phrase ? Et pourquoi donner deux chandails identiques à quelqu'un ? À croire qu'elle souhaitait qu'il les porte tous les jours. Cette amie devait être plutôt particulière, ai-je pensé, troublé.

– J'ai moi-même effectué quelques recherches, a dit l'homme de théâtre. « Ma seule voie maintenant » se traduit littéralement par l'expression chinoise « Ceci est la seule issue. » Est-ce juste ?

J'ai répliqué que ce n'était qu'une phrase, et que je ne voyais pas la nécessité de chercher à la traduire autrement.

Il a froncé les sourcils pour montrer son désaccord : pour lui, ce n'était pas *qu'une phrase*.

– Ceci est la seule issue. Ceci est la seule issue..., a-t-il répété quelques fois avant de tourner les talons et de rentrer chez lui.

Ce soir-là, tandis que je relisais l'article à la lumière de notre conversation, une idée a pris forme dans mon esprit. Et si le penchant du dramaturge pour *Othello* – « Évidemment, *Othello* » – avait quelque chose à voir avec une tragédie personnelle? En lisant bien attentivement, j'ai constaté que j'avais négligé un élément lors de ma lecture initiale. Le dramaturge y mentionnait une nouvelle intitulée *Un détail de l'existence*, qu'il résumait succinctement : c'était l'histoire d'un couple de jeunes mariés qui, au retour d'un voyage, rencontrent inopinément une personne connue de la femme. À cause d'un détail auquel cette mystérieuse personne fait allusion, un pan du passé de l'épouse – épisode inconnu de son mari – est révélé. Le dramaturge concluait en disant que cette histoire visait à illustrer qu'un détail anodin de l'existence peut engendrer une tragédie.

Alors que je me délectais de ma découverte, le téléphone a retenti dans l'appartement. C'était une voisine. Elle m'annonçait que les habitants du complexe au grand complet m'avaient vu en discussion avec le bizarroïde, et qu'on voulait tout savoir de ce que j'avais appris à son sujet. Étrangement, la vulgaire curiosité de mes voisins m'a dégoûté. C'était comme s'ils envahissaient mon espace personnel. Je ne leur révélerais rien.

– Il est *vraiment* bizarre. Plus bizarre que vous ne pouvez l'imaginer, ai-je dit afin de ne rien dire, choisissant à dessein le pronom « vous » et non pas « nous » pour me distancier d'eux.

Au cours des deux jours suivants, je ne suis pas allé au jardin, trop occupé à préparer ma fin de session. Dans l'autobus qui me menait à l'université, je ne réfléchissais pas comme d'habitude à la pondération ou au degré de difficulté de l'examen final. Non. Tête appuyée contre la fenêtre, je me remémorais ma conversation avec l'homme de théâtre et fabulais sur nos futurs échanges. Je ne pouvais pas prévoir que notre prochaine rencontre surviendrait en dehors du jardin et ne suivrait pas sa prière de 10 h 20.

En effet, le lendemain, à la tombée du jour, lorsque je suis descendu du véhicule bondé, quelle ne fut pas ma surprise de le croiser qui flânait à l'arrêt du bus.

– Est-ce que vous m'attendez ? lui ai-je demandé en blaguant à moitié.

Je pouvais encore moins m'imaginer qu'il saisirait la balle au bond et répondrait avec une blague de son cru.

– J'attends Godot.

(Il était d'un tel pince-sans-rire que je me suis demandé s'il était sérieux.)

Le dramaturge m'a emboîté le pas et a parcouru avec moi les quelques mètres qui nous séparaient du complexe d'habitation. Il m'a raconté qu'il avait autrefois écrit une pièce d'un acte portant sur un arrêt d'autobus. Elle ne comptait aucun protagoniste, seulement des gens qui arrivaient et qui partaient dans une ronde interminable. Il voulait démontrer l'absurdité de la vie par une suite d'arrivées et de départs. J'aimais sa manière de s'exprimer, sa façon d'appréhender l'existence, et je lui ai avoué que ce sentiment d'absurdité me frappait souvent de plein fouet lorsque je me trouvais dans les transports publics.

Nous approchions de la porte principale de ma tour, mais le dramaturge semblait en avoir encore long à dire et ne ralentissait aucunement. Moi non plus. Je ne voulais pas qu'il s'arrête, je voulais saisir cette chance qu'il lève un peu le voile sur son drame personnel. Nous avons continué à marcher vers le jardin verdoyant.

C'est là qu'il s'est enquis de l'article du journal.

– Comment l'avez-vous eu ? m'a-t-il demandé.

J'ignorais ce qui sommeillait derrière cette question, mais mon petit doigt me disait qu'avouer être tombé dessus par hasard ne m'aiderait pas à gagner davantage sa confiance. Je lui ai répondu que je ne me serais pas permis de passer à côté d'un article aussi intéressant.

Cette réponse l'a contrarié.

– Je vous demande combien de personnes ont pu voir cet article ?

Je me suis empressé de lui dire que puisque c'était le quotidien au plus grand tirage, presque tout le monde dans la ville l'avait probablement vu.

– Vraiment ?

– Tous les voisins l'ont vu... ainsi que tous mes collègues de l'université.

Il a levé la tête pour admirer le ciel étoilé.

– Bon. Tant mieux, a-t-il dit, un doute teintant sa voix.

Je ne comprenais pas le sens de cette réponse.

– En fait, j'espère qu'une personne en particulier l'a vu, a-t-il ajouté.

Sa voix graveleuse donnait l'impression qu'il se parlait à lui-même.

– Depuis la parution de l'article, je me sens miné par la solitude, a-t-il dit.

Je me suis souvenu de son « J'attends Godot » à l'arrêt d'autobus, et je me suis risqué.

– L'attente engendre la solitude.

Il m'a fixé, l'air égaré. Impossible de deviner s'il était en accord avec mon affirmation.

– Je ne sais pas si je devrais rester dans cette ville.

Enfin ! Nous arrivions au cœur du sujet. Le dramaturge revenait à la question qu'il avait esquivée en début d'entrevue avec le journaliste. Je ne devais pas manquer cette occasion d'en savoir plus. J'ai rétorqué qu'il devait retourner à la source, à la raison qui l'avait amené dans cette ville avant de décider s'il devait y demeurer ou partir.

Il a de nouveau levé sur moi ses yeux éperdus.

Je ne pouvais toujours pas discerner s'il était d'accord avec moi. Peu importe, je devais plonger, tenter le tout pour le tout pour découvrir son secret. Je suis revenu aux drames de son existence. Je lui ai demandé de but en blanc pourquoi il avait évité cette question durant l'entrevue.

Il a semblé sur le point de se confier ou du moins de me répondre, mais un éclair a traversé ses yeux. Quelque chose au loin l'avait distrait.

– Est-ce que j'hallucine ? a-t-il murmuré.

J'ai étiré le cou. Je ne voyais pas ce qui le perturbait.

– Juste là, sur le chemin derrière la rangée de pins. Je ne crois pas que je rêve.

J'ai suivi son regard et j'ai décelé une silhouette. Celle d'une femme en robe noire, faisant les cent pas dans le sentier sous les conifères.

Le dramaturge a oublié que nous étions en pleine conversation et s'est mis à marcher vers les arbres, comme en transe. Mais un homme en tenue de soirée a rejoint la femme. Ils ont échangé quelques mots et sont partis main dans la main dans la direction opposée. Le dramaturge s'est immobilisé. Il paraissait en état de choc. Après un long moment, il est revenu vers moi, abattu.

– Je pense que j'ai fait erreur, a-t-il murmuré d'un air las.

Je ne savais pas sur quoi il avait fait erreur.

– J'ai cru comprendre qu'elle était partie immédiatement après l'appel téléphonique, enchaîna-t-il.

De quel appel parlait-il ?

– J'ai entendu dire qu'elle était venue ici, dans cette ville.

Qui était venue dans cette ville ?

– Mais comment m'est apparue cette idée ? s'est demandé le dramaturge.

De quelle idée parlait-il ?

– Quelle importance cela a-t-il maintenant ?

Qu'est-ce qui pouvait avoir tant d'importance pour lui ?

– L'attente engendre la solitude, vous aviez raison, mon ami, a-t-il déclaré. Maintenant, je crois que j'ai fait erreur.

L'homme de théâtre a tourné les talons et a pris congé de moi sans me saluer.

Mais en quoi avait-il fait erreur ?

Le jour suivant, les voisins comméraient devant la grille du complexe d'habitation. En me voyant descendre de l'autobus après le travail, le groupe s'est animé et est venu s'agglutiner autour de moi. L'une des femmes était allée conduire sa belle-mère à l'aéroport et elle y avait aperçu le bizarroïde. Il l'avait saluée de la tête de sa manière courtoise habituelle, mais ne lui avait évidemment pas adressé la parole. Il transportait un volumineux sac à dos, comme s'il partait en voyage. Mes voisins m'ont demandé si j'en savais plus long. Ma voisine avait sûrement deviné juste. Le dramaturge devait être parti, puisqu'il n'était pas apparu à son heure habituelle et à son endroit fétiche depuis quelques jours.

Une semaine plus tard, j'ai reçu une livraison express de Xishuangbanna, une préfecture autonome dans la province du Yunnan, dont une grande partie de la population appartient à la minorité ethnique *dai*. C'était une cassette fraîchement enregistrée qui portait une étiquette sur laquelle était inscrite à la main : *Pourquoi je suis venu.*

J'ai fouillé l'appartement pour retrouver mon vieux lecteur de cassettes. J'avais tellement hâte d'entendre la voix graveleuse me raconter enfin son histoire :

« Ma décision de prendre ma retraite, de m'installer dans la ville la plus jeune de Chine, puis de la quitter est en effet reliée à une tragédie personnelle. Mais les racines de cette tragédie ne sont connues que de ses principales actrices. C'est de ces éléments que sont faites les tragédies de la vie quotidienne. Comme des poupées russes, une pièce de théâtre se camoufle toujours à l'intérieur d'une autre pièce, et il est souvent impossible de savoir quelle est la cause et quel est l'effet. J'ignore ma part de responsabilité dans mon propre drame. Mais chose certaine, cette pièce, je n'aurais pas pu l'écrire, et elle m'a fait perdre mon feu pour l'écriture dramatique. Depuis trois ans, j'ai revisité l'enchaînement des événements sous tous les angles, et je suis convaincu que l'appel téléphonique constitue le point de départ optimal pour raconter cette histoire. Cet appel, je l'attendais depuis quatre ans, néanmoins lorsque je l'ai enfin reçu, cela a été une surprise complète. Avec le recul, je suis incapable de dire s'il est survenu au mauvais moment ou plutôt au moment parfait. Mon mariage devait être célébré dans moins de deux heures et j'étais affairé avec mille et une petites choses de dernière minute. Mon téléphone ne dérougissait pas : grand-mère, cousin, tante, traiteur, photographe et gérant du cortège de voitures se succédaient avec leurs bons souhaits et leurs urgences. Je ne m'attendais absolument pas à entendre cette voix. Je ne l'avais pas ouïe depuis quatre ans. Ça m'a bouleversé. Elle m'a dit qu'elle essayait de me joindre depuis plus d'une heure, et j'ai compris à son ton qu'elle n'avait aucune idée de la raison pour laquelle mon téléphone était toujours occupé. J'ai hésité à le lui dire, n'en voyant pas l'utilité. Je me suis efforcé de contrôler mon émotion en l'écoutant patiemment malgré tout ce qui m'attendait. Elle venait tout juste de revenir d'Angleterre, où elle avait pris la peine de visiter la ville natale de Shakespeare. Elle y avait acheté quelques souvenirs qu'elle avait envoyés du bureau de poste local. Elle m'appelait pour me dire d'être à l'affût d'un colis, et de bien remarquer le cachet d'oblitération de Stratford-upon-Avon. Au fond de moi, je me disais qu'autre chose devait motiver son appel, puisque nous n'avions eu aucun contact depuis tellement d'années. Nous avions (ou plutôt j'avais) rompu notre relation passionnelle depuis déjà quatre ans. Néanmoins, son évocation de la ville natale de Shakespeare m'a bouleversé. Nous comptions y vivre notre lune de miel. Elle revenait tout juste de ce lieu d'une grande signification pour nous, alors que je me mariais avec quelqu'un d'autre. Je ne savais pas comment réagir. Que pouvais-je dire ? Qu'y avait-il à dire ? Elle ne semblait pas s'attendre à ce que je dise quoi que ce soit, car elle a poursuivi son récit. Elle avait passé deux jours dans la ville pittoresque, et logé dans une charmante auberge, The Black Swan. Là, elle s'était remémoré notre parcours de trois ans, notre "extraordinaire passion". Ces souvenirs l'avaient laissée avec la même question en suspens : l'avais-je aimée ? Elle m'avait souvent posé cette question, dès nos débuts. Après quatre ans de séparation, je considérais que cela ne m'appartenait plus, qu'elle devait y répondre elle-même. Elle m'a confié qu'un matin, recueillie sur la tombe de Shakespeare, elle avait compris que je ne l'avais jamais aimée. Je me suis mordu la langue et j'ai ignoré cette attaque à l'authenticité de mes sentiments. Plusieurs fois, elle avait songé à me contacter, mais n'en avait pas eu le courage. Elle voulait savoir pourquoi notre fabuleuse passion avait connu cette fin brutale. Sa méditation sur la tombe de l'auteur l'avait aidée à trouver le courage de me poser enfin la question. Après toutes ces années, elle ressentait encore le besoin de comprendre pourquoi j'avais mis fin à notre relation, alors que nous avions déjà choisi le lieu de notre lune de miel. En entendant son objectif précis, je me suis décrispé. Je me suis dit qu'elle ne faisait que mettre de l'ordre dans son passé, que ce n'était pas la nostalgie qui motivait cet appel. Je me disais qu'elle serait capable d'accepter ma situation présente. Je n'ai pas répondu directement à sa question. Je lui ai simplement annoncé que je m'apprêtais à me marier, en ajoutant aussitôt que nous ne devions pas laisser le passé nous obséder. Un long silence a suivi pendant lequel, nerveusement, j'essayais d'imaginer sa réaction. Puis elle m'a demandé ce que je voulais dire par "je m'apprête". J'ai répondu que ça signifiait immédiatement. Un ricanement amer a retenti dans le combiné. Elle a dit :

– Voyons, tu ne te maries pas *aujourd'hui*, quand même.

Mon silence voulait tout dire. Son ricanement est devenu franchement sinistre. Puis, elle a craché que ça lui avait pris quatre ans pour trouver la force de me poser cette question. Elle a dit qu'elle n'avait jamais rien entendu d'aussi absurde. C'était encore plus absurde que les pièces de théâtre que j'écrivais.

– Pourquoi ? a-t-elle ajouté, avec une intensité digne des grandes tragédies classiques. Pourquoi une simple petite barque comme moi s'est-elle échouée sur un récif aussi traître ?

– Peut-être que c'est le destin, lui ai-je répondu en pensant la consoler.

Ça n'a fait qu'envenimer la situation. En furie, elle a déclaré qu'elle ne croyait pas au destin, surtout pas de ce type. Elle ne croyait pas au destin, mais elle croyait aux sorts, puisqu'elle a hurlé :

– Tu seras maudit !

Son cri m'a rempli d'effroi. Je lui ai demandé aussi calmement que possible ce qu'elle voulait dire.

– Découvre-le par toi-même ! a-t-elle crié avant de couper la communication.

Je me suis empressé d'oublier cette terrible scène, ou du moins de ne plus y penser. Je n'avais guère le temps. Un mariage m'attendait. La cérémonie s'est déroulée sans anicroche, et ma femme et moi avons passé notre lune de miel dans sa ville natale. Le colis de l'autre ville natale, celle de Shakespeare, est arrivé deux jours après notre retour. Je me suis rendu seul au bureau de poste pour en prendre livraison. J'avais décidé pendant notre voyage de noces de ne jamais l'ouvrir, et je l'ai caché sur une haute tablette dans la penderie, derrière des manuscrits aux pages jaunies.

Le temps a filé. Une année de mariage paisible a dissipé l'inquiétude provoquée par l'appel de mon ancienne amoureuse. Mais un matin, j'ai fait innocemment basculer cet équilibre. J'avais jeté un coup d'œil au calendrier et vu que mon épouse avait marqué la date anniversaire de notre mariage. Je me suis empressé de la retrouver dans le salon pour lui demander comment nous devrions célébrer notre journée spéciale. Son ton méprisant m'a fait froid dans le dos.

– *Notre* journée ? a-t-elle répondu. C'est *votre* journée, à toi et à elle.

J'ai perçu en un instant que quelque chose clochait.

– Mais de quoi parles-tu ? lui ai-je demandé, en état d'alerte.

– Ne te mets pas à cran, a-t-elle rétorqué, tu es plus nerveux qu'en raccrochant le téléphone ce jour-là.

Une inquiétude sourde s'est alors éveillée au fond de moi. J'ignorais que ma femme était au courant de cet appel. J'étais trop fébrile pour répondre.

– Pourquoi es-tu si inquiet ? a-t-elle lancé sur un ton glacial.

J'ai détourné la tête pour éviter son regard dégoûté.

– Je ne sais pas qui était à l'autre bout du fil, mais je te connais, toi.

Elle n'a pas terminé sa phrase, mais je pouvais deviner ce qu'elle taisait.

– Tu as déjà écrit qu'on ne peut vivre qu'un seul grand amour.

J'ai argué que c'était juste une phrase dans une scène théâtrale, mais elle est revenue à la charge en rétorquant que j'avais déjà affirmé que tous les personnages de mes pièces représentaient une facette de moi. Je ne pouvais rien dire, et espérais qu'elle avait terminé. Mais ce n'était pas le cas.

– Tu ne m'aimes pas, c'est un fait. Et ce n'est pas grave, a-t-elle ajouté.

Elle m'a ensuite dit qu'une chose lui échappait.

– Pourquoi n'as-tu pas épousé la femme que tu aimes ?

Sa question m'a rappelé celle de cette autre femme. Nous pataugions tous trois dans l'absurde. “Le silence est une révolte contre l'absurdité”, avais-je déjà mis dans la bouche de l'un de mes personnages. Alors j'ai choisi le silence. Sa question est donc restée sans réponse, mais hélas, notre conversation ne s'est pas terminée là. Elle s'est terminée avec le colis de la ville natale de Shakespeare. J'avais toujours cru que ma femme en ignorait l'existence et je ne m'attendais pas à ce qu'elle y fasse allusion de manière aussi caustique.

– N'as-tu pas dit que tu souhaitais fêter *notre* journée ? Pourquoi ne pas le faire en l'ouvrant pour voir ce qu'il contient ?

Je me suis forcé au calme.

– C'est l'occasion parfaite, a-t-elle ajouté.

Je me suis répété de demeurer calme.

– Tu devrais l'ouvrir, cette boîte, ce qu'elle contient pourrait te fournir l'inspiration pour ta prochaine œuvre, m'a-t-elle lancé en quittant la pièce en trombe. Cette conversation de la veille de notre anniversaire de mariage a donné le ton au reste de notre vie à deux. C'était peut-être le sort que m'avait jeté mon ex-fiancée au téléphone. Notre mariage a duré six ans. Six insoutenables années. Ma femme a sombré petit à petit dans une noirceur impossible à dissiper. Les deux dernières années, elle les a passées tout simplement au bord de l'effondrement nerveux. Elle était incapable de dormir. Parfois, elle demeurait assise sur le balcon toute la nuit en geignant comme un animal blessé, ou dans un état de torpeur totale. Mes tentatives pour la consoler ne faisaient qu'aiguiser ses nerfs à vif. Elle a traversé trois crises qui ont nécessité l'hospitalisation. Plusieurs personnes, dont ses parents, m'ont conseillé de penser à moi, à ma brillante carrière, mais je ne voulais pas l'abandonner ainsi. J'espérais pouvoir l'aider à retrouver la santé. Et après, peut-être qu'*elle* pourrait prendre l'initiative de *me* quitter. Je ne me doutais pas qu'elle choisirait un moyen aussi violent pour me laisser. Ce n'était peut-être pas véritablement un choix. Peut-être que c'était ça, plutôt, le mauvais sort. Au moment où elle est passée à l'acte, j'étais dans une autre ville pour affaires. Je suis revenu à la hâte, prenant directement de l'aéroport un taxi pour la morgue. Son corps m'attendait là. Le rapport médicolégal statuait que l'heure du décès était estimée à 10 h 20 le matin précédent. On m'a demandé si je voulais voir le corps, mais ce n'était pas nécessaire. Je n'avais pas réussi à m'approcher d'elle dans la vie, alors à quoi bon le faire maintenant qu'elle était morte ?

Ce soir-là, je suis rentré fourbu à la maison et suis tombé comme une bûche dans mon lit. Un cauchemar m'a tiré de mon sommeil. Il y était question du colis. Je ne l'avais jamais ouvert. En fouillant dans mes vieux manuscrits avant de partir en voyage d'affaires, j'étais tombé sur la boîte, toujours scellée. Mais dans mon cauchemar, elle avait été ouverte. J'ai sauté du lit et j'ai grimpé sur une chaise pour vérifier. Dès le moment où mes doigts ont touché le carton, j'ai compris que mon cauchemar se réalisait. J'ai descendu la boîte et j'ai constaté avec stupeur que le ruban adhésif avait été tranché. Elle ne contenait que deux t-shirts identiques et un exemplaire des *Œuvres complètes de Shakespeare*. Je ne sais pas si ma défunte épouse y avait découvert autre chose. Quel rôle ce colis a-t-il joué dans cette tragédie ? Cela fait trois ans, et je ne le sais pas encore. Je n'ai jamais manqué ma prière silencieuse à 10 h 20. Cette heure de la journée est maudite pour moi. Je porte ce t-shirt tous les jours. C'est aussi un symbole maudit. Absurdement, ma vie appartient à ces deux femmes et à ces affreux sorts. L'une des deux a décidé que je ne l'avais jamais aimée, alors que l'autre croyait, faussement d'ailleurs, que je n'avais jamais aimé que celle qui m'avait envoyé ces présents empoisonnés. Même avec mes plus brillants efforts, je n'aurais pas pu écrire une pièce de théâtre plus absurde. Alors, j'ai pris ma retraite – "Ceci est la seule issue." Mais pourquoi est-ce que je me suis installé dans la ville la plus jeune de Chine ? Voilà la question. C'est parce que j'étais certain qu'elle, la jeteuse de sort, y avait déménagé. J'ai enfin compris que j'avais besoin d'elle pour mettre de l'ordre dans ma tête. Tout comme elle avait eu besoin de me donner ce coup de fil fatidique pour mettre de l'ordre dans sa vie. J'avais deux questions à régler. Premièrement, je devais lui dire pourquoi je l'avais laissée subitement. Moi seul détenais cette clé. Je devais lever le voile sur cette question, pas seulement parce qu'elle me l'avait demandé, mais aussi parce que mon épouse m'avait posé la même question un an plus tard sur un ton qui me faisait encore froid dans le dos. Deuxièmement, et peut-être plus pressant, j'avais besoin qu'elle me dise ce qu'elle avait mis dans cette boîte, à part le livre et les t-shirts. Elle seule détenait cette clé-là. Oui, après trois ans de vie d'ermite, j'ai finalement compris que j'avais deux raisons d'avoir besoin d'elle. Voilà pourquoi j'ai consenti à donner cette entrevue. Pour révéler mon identité et lui annoncer que j'étais maintenant dans cette ville. C'est là que l'attente et la solitude ont été déclenchées, et que j'ai regretté ma manifestation publique. J'ai compris qu'elle ne réapparaîtrait pas dans ma vie simplement parce que je m'étais affiché dans un article de journal. Elle ne m'avait plus jamais donné signe de vie. Elle ne referait jamais surface. Ce qui revenait à dire que je ne découvrirais jamais ce qui avait poussé mon épouse dans l'abîme. Pas plus qu'elle ne saurait pourquoi je l'avais quittée (tenait-elle toujours à le savoir ?). Peut-être est-ce cela, à la fin, le véritable mauvais sort. »

La voix du dramaturge s'est tue, marquant une longue pause. Juste au moment où j'allais appuyer sur le bouton d'arrêt, sa voix rocailleuse a émergé à nouveau.

« Plus rien ne me retient en ville. Je resterai dans ce petit village reculé pour une semaine encore. Ce village a marqué la fin de notre dernier voyage ensemble, a sonné le glas de notre passion. Nous ne le savions pas au moment où se déroulaient les faits, mais un tout petit détail survenu le jour de notre départ a provoqué tout l'enchaînement de cette tragédie. Depuis ce jour, quatorze années se sont écoulées... passion hors normes... années hors normes... vie hors normes. Je vais déménager à mon retour, m'installer dans un lieu sans lien avec ces deux femmes. Ces deux femmes qui me hantent de la vie et de la mort, ces deux femmes qui ont décidé que je ne les aimais pas... »

Ici, l'émotion l'étranglait. Il avait appuyé sur le bouton d'arrêt, provoquant une petite explosion de friture sur la bande. Si ce n'avait pas été de cet accès d'émotion, je crois que le dramaturge m'aurait livré l'élément qui avait fait basculer sa vie. Peut-être l'avait-il fait, mais je n'ai pas écouté l'enregistrement jusqu'à la fin. Car cette nouvelle qu'il avait mentionnée dans l'article de journal, intitulée "Le détail de l'existence", m'était revenue en tête. Je le voyais, le dramaturge, quatorze ans auparavant. Je n'étais plus seulement un personnage prononçant des apartés dans cette pièce de théâtre. À présent, j'avais l'impression que nous ne faisions qu'un. Je ne pourrais dire s'il était devenu mon personnage ou moi le sien. J'ai poussé le bouton *Record* et j'ai enregistré ces dernières phrases sur la bande.

« Cette année-là, notre aventure torride nous avait amenés à Xishuangbanna. Notre voyage aurait été idyllique si ce n'eût été d'un seul détail. Notre passion aurait perduré jusque dans la ville natale de Shakespeare et au-delà. Mais le jour de notre départ, à la gare d'autocars interurbains, un homme venant tout juste de descendre d'un autre autocar nous a aperçus et s'est approché joyeusement de nous. Il a appelé ma fiancée par son nom, ce qu'elle a trouvé étrange. Elle ne le connaissait pas. Pour stimuler sa mémoire ou s'identifier à elle, il a prononcé un autre nom d'homme, et elle a rougi. Tout à coup, elle a semblé reconnaître celui qui se tenait devant nous. Sans nous présenter, elle a demandé comment se portait la personne qu'il venait de nommer. "Il... l'année dernière. Cancer du cerveau..." Un instant plus tard, nous étions à bord de l'autobus. Elle a appuyé sa tête sur mon épaule et a fixé le paysage qui défilait de l'autre côté de la vitre. Sa peine était palpable, et nous sommes restés silencieux. Ses larmes mouillaient ma chemise. Au moment où nous nous apprêtions à descendre, elle m'a dit dans un élan d'émotion: "Tu sais à quel point je t'aime." Je lui ai touché la joue. Bien sûr que je le savais. Je le savais tellement qu'après la rencontre de cet homme a commencé la semaine la plus douloureuse que je n'ai jamais vécue, une semaine de déraison, de jalousie maniaque. Je me noyais dans une mer de ressentiment. Ensemble, le cadavre boursouflé de mon rival inconnu et le mien dérivaient dans un cauchemar sans fin. Pendant trois ans, j'avais flotté sur les vagues de notre passion torride, et je venais de me fracasser contre le récif de la jalousie. Je savais que pour moi, l'unique façon de m'en sortir était de mettre fin à notre relation. *Ma seule voie maintenant.* »

L'instant précis où je terminais d'enregistrer ces dernières phrases, le téléphone a sonné. C'était la voisine qui avait vu le dramaturge à l'aéroport. Elle m'a demandé si je savais où il était parti. J'ai répondu que je l'ignorais. Elle m'a demandé si je savais quand il reviendrait. J'ai répondu que je l'ignorais. Elle m'a demandé s'il reviendrait. J'ai répondu que je l'ignorais.

# Les deux sœurs

Après avoir hésité entre les deux hommes qui l'avaient courtisée pendant plus d'une demi-année, grande sœur a choisi l'homme fiable, ce qui a surpris tout le monde, car l'autre cavalier était de taille. En fait, il était tellement supérieur que petite sœur l'avait déjà couronné beau-frère. En plus d'être beau garçon et de se mouvoir avec une sorte d'élégance urbaine, le rival avait une carrière prometteuse et était voué à un avenir glorieux. Il était le plus jeune dirigeant d'une société de télécommunications qui serait bientôt cotée en Bourse. Bien sûr, ces qualités n'avaient pas échappé à grande sœur. Seulement, au lieu de l'impressionner, elles l'avaient effrayée. Elle ne pouvait pas supporter les regards envieux qui lui sapaient sa confiance et l'emplissaient de doutes. Pour elle, être sans surprises était l'atout principal chez un homme. La carrière, la beauté et la prestance n'étaient que des décorations dont elle pouvait se passer. Le jeune professionnel était certes une belle prise, mais elle ne l'avait pas jugé assez malléable. Sa criante confiance en lui-même l'avait franchement irritée. Il avait affiché une grande assurance lors de leur premier rendez-vous, qu'il avait fixé au café du centre commercial le plus chic de la ville. Il avait parlé sans arrêt – passant de la Révolution culturelle à *L'insoutenable légèreté de l'être* en passant par *À la recherche du temps perdu*. Il avait conclu sa présentation de lui-même en déclarant pouvoir se passer de tout, sauf de musique, et en particulier des *Quatre saisons* de Vivaldi, « cette œuvre qui parle à l'âme ». Sa volubilité l'avait effrayée, de même que son attitude désinvolte envers l'existence, mis à part la musique. Dans le dictionnaire personnel de grande sœur, volubilité était un antonyme de prévisibilité. De plus, les hommes bavards lui tapaient franchement sur les nerfs.

Après six mois de tergiversations, elle avait finalement arrêté son choix sur l'autre candidat. Même s'il n'était qu'un petit vendeur immobilier, peu cultivé et peu séducteur, même s'il donnait vingt centimètres en taille à son rival et ne possédait pas de manières mondaines, même s'il n'appréciait pas Vivaldi et ne connaissait pas Proust ni Kundera, il avait gagné son cœur par sa personnalité sans surprises. Il ne l'avait pas invitée dans un café ou un restaurant de style occidental, et encore moins à un concert. Il n'avait pas déployé autant d'énergie à la conquérir que son rival. Certes, il n'en avait pas les moyens. Elle lisait la sincérité dans son regard terre-à-terre et une forme de simplicité, qualités qui avaient surpassé celles de son rival. Son laconisme en faisait un homme détendu et facile d'approche. Il manquait d'assurance, bégayait et avait tendance à rougir, ce qu'elle considérait comme de la transparence plutôt que comme une tare. Elle aimait particulièrement la façon qu'il avait de ne jamais lui imposer ses idées ou de citer sa petite sœur. Il était d'accord avec elle sur tout, ne démontrant jamais de volonté autonome. Même en ce qui avait trait aux enfants, ses réponses correspondaient à ses critères. Elle avait demandé à ses deux admirateurs quel genre d'enfant ils aimeraient avoir. Le jeune professionnel avait déballé d'un trait sa réponse, comme s'il fournissait un rapport méticuleusement étayé sur les indicateurs d'un marché haussier. Il souhaitait avoir un fils qui deviendrait plus grand et plus fort que lui, qui prendrait des leçons de violon dès l'âge de quatre ans afin de compenser le fait qu'il n'avait pas pu le faire lui-même. Il avait déclaré qu'il assisterait à tous les récitals de son fils et le verrait un jour jouer les *Quatre saisons* de Vivaldi sur scène. Mais la même question avait fait rougir le vendeur immobilier. « Je veux l'enfant que tu me donneras », avait-il balbutié en trébuchant sur ses mots.

Sa décision avait beaucoup à voir également avec la pression exercée par sa sœur pendant sa période de réflexion. Au départ, petite sœur n'avait guère apprécié l'ordinaire vendeur immobilier à la carrière peu reluisante, surtout à cause de ce qu'il dégageait. Elle avait peine à supporter son manque de confiance en lui-même, et ne pouvait carrément pas souffrir son absence de volonté. « Quel est le plaisir de vivre avec quelqu'un qui ne possède pas d'opinions propres ? » demandait-elle à sa sœur avec dédain. Elle méprisait le critère de prévisibilité de grande sœur, qui selon son lexique, était synonyme de médiocrité. Même plus, elle affirmait qu'« homme fiable » constituait un oxymore. Depuis la nuit des temps, les mâles étaient des géniteurs volages qui carburaient à la liberté. Elle avait déclaré que la raison pour laquelle les hommes – en fait, les deux sexes – sacrifient leur liberté pour vivre en couple était simplement pour pimenter le quotidien. « Alors, à quoi bon vivre avec quelqu'un qui n'a pas ses propres idées ? » Petite sœur ne se rendait pas compte que ses arguments provoquaient un effet dissuasif sur son aînée. Plus son opposition au critère de la prévisibilité gagnait en force, plus son aînée favorisait le vendeur immobilier. Cette dernière gardait en mémoire toutes les erreurs amoureuses commises par sa cadette, certaines à répétition. Chaque fois que petite sœur emmenait un nouveau prétendant à la maison, un fiasco était à prévoir.

– Tous les garçons qui t'attirent semblent irresponsables, tu rêves en couleur ! disait la grande à la petite en réprimande.

– Regarde qui parle ! Qui croit toujours qu'elle a trouvé un homme fiable ? rétorquait sa cadette, qui ne pouvait pas souffrir ses reproches.

Grande sœur trouvait difficile que sa sœur n'apprenne jamais de ses erreurs.

– Ce ne sont que des expériences de vie qui s'ajoutent à mon capital personnel, disait la plus jeune en riant.

Grande sœur rougissait devant son impudence. Pour tout dire, elle avait un peu honte de sa cadette, et s'inquiétait pour son avenir. Elle n'aurait pas pu endurer de commettre de telles erreurs, pas même une seule fois. Elle croyait dur comme fer que sa vie et son corps ne devaient appartenir qu'à un seul homme. À un homme sans surprises.

Ces deux sœurs étaient dotées d'un physique et d'une personnalité diamétralement opposés. Ce mystère de la génétique stupéfiait leurs parents et tous ceux qui les connaissaient. Le plus étrange, c'était que leurs préférences contredisaient leurs tempéraments. Grande sœur était ronde, et, bien qu'elle n'aimât pas les hommes bavards, elle était démonstrative et sociable. Elle trouvait agréable de rencontrer des gens nouveaux et saluait toujours la première, et chaleureusement, ses voisins. En contrepartie, petite sœur était filiforme, et même si elle aimait les hommes vifs et loquaces, elle était elle-même tranquille, réservée et socialement gauche. Elle marchait toujours vite en fixant le sol, comme si elle craignait d'être vue. Elle n'entreprenait jamais de sérieuses conversations avec les voisins ; en fait, elle ne les saluait même pas de la tête. Le seul trait commun entre les deux était la très grande beauté de leur visage. Mais leurs types de beauté distincts inspiraient des sentiments différents. Celle de l'aînée s'offrait aux admirateurs comme un paysage accessible, alors que le visage de la cadette faisait penser à un portrait peint à l'huile, avec quelque chose de distant. C'était grâce à la personnalité avenante de l'aînée que les voisins connaissaient des détails de leur passé. Elles venaient de Hangzhou. Deux ans auparavant, après la mort subite de leur père d'un arrêt cardiaque, elles avaient quitté leur mère malcommode et s'étaient installées ensemble dans cette ville de migrants. Elles avaient rapidement trouvé des emplois dans leur domaine. Grande sœur, qui avait étudié les finances à l'université, faisait de la comptabilité pour une compagnie d'assurance. Petite sœur, diplômée des beaux-arts, était conceptrice dans une agence de publicité.

Après le mariage, malgré sa déception devant le choix de son aînée, la cadette accepta de s'occuper de l'aménagement intérieur de l'appartement du jeune couple. Elle obtint de l'aide de sa meilleure amie, graphiste pour un magazine de mode à Shanghai. Par hasard, cette amie était de passage en ville pour affaires lorsque petite sœur commençait à se pencher sur ce projet d'aménagement. Plusieurs éléments du plan final ont été le fruit de leurs fréquents échanges. Elles avaient été voisines à Hangzhou, et camarades de classe de la maternelle à l'université.

C'étaient des amies intimes qui ne s'étaient jamais rien caché. En discutant de l'aménagement de la nouvelle demeure, petite sœur s'était vertement moquée du choix obstiné et stupide de sa sœur. Ses imitations de son beau-frère faisaient rire aux larmes sa meilleure amie. La sœur aînée n'avait jamais aimé cette ancienne voisine. Elle pensait que cette camarade, qui avait commis les mêmes types d'erreurs en amitié et en amour que sa sœur, exerçait une mauvaise influence sur cette dernière. Elle n'était pas du tout ravie que petite sœur discute avec elle de son nouvel appartement.

La demeure du couple se trouvait à proximité du logis que petite sœur occupait désormais seule. L'aînée avait choisi le quartier principalement pour ne pas trop s'éloigner de sa cadette. Son attitude et son style de vie l'inquiétaient. Elle n'aimait pas ses amis ni ses petits amis. Elle se disait qu'en restant proche, elle pourrait l'empêcher de se faire du mal, ou du moins réduire la probabilité qu'elle commette de nouvelles erreurs. Bien sûr, son époux n'avait pas d'opinion sur le sujet. Après s'être marié, il était resté tout aussi complaisant qu'avant et, à certains égards, sa soumission aux désirs de sa femme s'était accentuée. Par exemple, il aimait de moins en moins s'absenter pour des voyages d'affaires, et redoublait d'inventivité pour les éviter. Cette tendance plaisait à sa femme. Cela démontrait qu'il prenait à cœur leur vie de couple, qu'il se souciait de son bonheur. Elle n'oublierait jamais la fois où il l'avait emmenée à une sortie de bureau qui s'était terminée par un repas dans un célèbre restaurant sichuanais. Le président de l'agence avait insisté pour les asseoir à ses côtés. Il avait la langue bien pendue ce jour-là. À un moment donné, il a demandé à son subordonné comment il avait réussi à épouser une si belle créature. Le visage de son mari était devenu écarlate, tout comme la première fois qu'elle l'avait questionné sur son enfant idéal. Il avait fixé son assiette en silence. « Attaquer est difficile, mais occuper l'est encore plus », avait déclaré le président de l'entreprise de façon suggestive. Il en avait ajouté une couche plus grivoise en disant : « La prochaine fois, je vous enseignerai des stratégies clé, ou des positions, devrais-je dire plutôt. Vous les trouverez sûrement utiles. » Il avait ensuite pouffé de rire. Son mari ne l'avait pas suivi dans l'hilarité. Elle avait compris par ses sourcils froncés qu'il était gêné pour elle. C'était parce qu'il l'aimait qu'il ne l'avait plus jamais emmenée dans une sortie de bureau. Elle en était ravie, à cause de sa délicatesse à son égard et parce qu'une fois de plus, son choix était validé.

Le mariage avait rendu grande sœur encore plus séduisante. Même petite sœur le disait. Et le mariage avait porté chance à son époux. Il avait été promu directeur de sa division, et sous sa gouverne, elle était rapidement devenue un pilier de l'agence.

Le président l'avait convoqué peu de temps après pour l'informer que sa division serait fusionnée à deux autres, et qu'il serait promu à la tête de la nouvelle entité. C'était un arrangement transitoire, avait expliqué le président, car il accéderait bientôt à un poste de haute direction et il serait un jour vice-président. Le chiffre des ventes de son service lui avait également valu l'approbation de l'un des « anciens chefs », l'un des fondateurs de l'agence à l'ouverture des marchés. Il s'en était retiré après sa nomination au Comité provincial des affaires économiques, mais il veillait toujours sur la santé de la société et se permettait, en tant qu'éminence grise, de donner quelques conseils ici et là. Pendant l'une de ses visites, le mari de grande sœur l'avait profondément impressionné. Il avait jugé qu'il était le directeur de division le plus compétent de l'agence. Il l'avait entendu donner une allocution sur l'avenir de leur société et avait murmuré à l'oreille du président : « Un talent comme celui-ci mérite notre confiance. »

Le succès professionnel de son mari n'avait pas affecté ce qu'elle ressentait pour lui. Pour grande sœur, il était prévisible comme toujours, et ces nouveaux sommets augmentaient leur qualité de vie. Il parlait avec un peu plus d'aisance, mais se montrait toujours aussi conciliant, la laissant décider de tout ce qui avait trait à leur couple et à leur vie familiale.

Lorsque le médecin a confirmé qu'elle portait un enfant, elle a émis l'idée de quitter son travail. Elle désirait être femme au foyer, maman à la maison. Son mari était d'accord. Il lui a même demandé si, avant la naissance de l'enfant, elle désirait qu'ils déménagent dans un appartement plus grand dans le quartier. Leurs pensées concordaient, et elle était émue que la proposition vienne de lui. Il semblait pour une fois avoir pensé par lui-même.

Leur fille a hérité de tous les attributs positifs de sa mère, qui la promenait tous les jours en poussette dans leur jardin. La maman téléphonait à son mari au moins cinq fois par jour pour relater les progrès de la bambine et les petits bobos dont elle souffrait. Son mari, souvent trop occupé pour répondre, la rappelait dès qu'il pouvait souffler. Grande sœur considérait sa fille comme une récompense envoyée du ciel pour avoir pris la bonne décision. Elle qualifiait sa fille de petit ange, de récompense la plus « prévisible ».

La cadette avait pardonné le choix d'épousailles de son aînée à la vue de cette petite nièce tellement radieuse. Elle se faisait un devoir de les visiter tous les deux jours, et petit à petit, elle a commencé à accepter son beau-frère insipide. Elle a découvert qu'il participait davantage aux conversations. Elle lui a démontré de l'enthousiasme pour certains de ses projets immobiliers en chantier. Il se montrait surtout volubile au sujet des prouesses de sa fille. La délicatesse de ce nouveau papa envers sa sœur l'a amenée à remettre en question ses propres critères de sélection pour un conjoint. La sœur aînée flairait l'affaiblissement des convictions de sa cadette et en profitait pour l'inciter à se trouver un homme prévisible et à l'épouser sans tarder, plutôt que de continuer à rêver. « Imagine quand tu donneras naissance à un joli petit trésor », disait grande sœur d'une voix roucoulante de bonheur.

La nièce devint le principal sujet des conversations téléphoniques hebdomadaires entre petite sœur et sa meilleure amie. Elles discouraient longuement sur la croissance et le développement du petit ange. Petite sœur avait acheté un carnet de croquis de grande qualité pour immortaliser sa nièce dans toutes ses attitudes. Son amie la raillait toujours, l'accusant à mots à peine couverts d'être en train de s'exercer à être mère.

– As-tu rencontré ton homme fiable ? demandait-elle sur un ton moqueur.

Petite sœur répondait comme à sa sœur :

– Avec une nièce aussi adorable, à quoi bon faire un enfant ?

Petite sœur habillait le petit ange selon ses goûts et sans regarder à la dépense. La planification des anniversaires de naissance de sa nièce était une autre de ses prérogatives de tante. Les deux premières fêtes qu'elle avait orchestrées avaient fait plaisir à sa grande sœur et à son beau-frère.

Cette année, le petit ange aurait trois ans et son anniversaire tombait un dimanche. Grande sœur a demandé à sa cadette si elle prévoyait organiser une fête spéciale. Elle était tout excitée de lui annoncer qu'elle avait loué une maison dans une station balnéaire pour le week-end. La sœur aînée trouvait l'idée bonne, mais n'était pas enchantée que petite sœur invite sa meilleure amie.

– Elle sera en voyage d'affaires à Hong Kong et a prévu traverser la frontière dimanche afin de fêter la petite avec nous, avait précisé la cadette. Elle désire ardemment rencontrer ce petit ange que je ne cesse de lui vanter.

La bambine se trompait toujours en prononçant le mot Shang*hai*. Elle inversait les syllabes de sorte que le nom de cette grande ville devenait *hai*shang. En fait, c'était une erreur assez commune et plutôt cocasse, puisque *haishang* signifie « le large ». Petite sœur avait beau reprendre sa nièce en lui expliquant que *tantine* venait de *Shang*hai et non « du large », c'était peine perdue. Cette erreur ne fâchait guère l'amie. Au contraire, elle semblait s'en délecter.

– Tu l'as bien dit ! répondait-elle à la gamine en lui pointant l'horizon par la fenêtre. Je viens de là-bas, d'un lieu de liberté. Je viens de *haishang*, je viens du large.

Cette assertion rendait petite sœur mal à l'aise. Elle semblait présager une catastrophe.

La fillette rayonnait de bonheur, mais ne s'intéressait pas du tout au gâteau d'anniversaire placé devant elle. Elle ne faisait que demander quand ils iraient jouer au bord de la mer. Les sœurs n'arrivaient tout simplement pas à la faire asseoir pour manger. Grande sœur a alors fait signe à son mari de leur prêter main-forte. Il s'est empressé d'admonester sa fille avec de vains mots qui sont tombés à plat. À la fin, c'est l'amie qui a réussi à convaincre le petit ange de manger son morceau de gâteau en lui promettant qu'après, elle l'emmènerait jouer à « Haishang ». Grande sœur s'est sentie agacée de voir sa fille avaler goulûment sa part du dessert, et franchement irritée que sa sœur et son mari fassent de même, alors qu'elle avait à peine réussi à avaler une bouchée. Le petit ange a commencé à réclamer d'aller jouer au bord de l'eau, mais sa mère lui a répondu qu'elle était trop fatiguée. Petite sœur voyait bien que la fatigue n'y était pour rien, que son aînée se sentait misérable. La meilleure amie, de son côté, était en pleine forme. En deux temps, trois mouvements, elle s'est chaussée et elle est allée attendre sur le pas de la porte. Grande sœur n'a pas bougé et s'est contentée de jeter un regard vers son mari. Il a murmuré cette phrase qui l'a fait presque tomber en bas de sa chaise :

– Puisque nous le lui avons promis, nous devrions y aller...

Dès leur arrivée à la plage, la meilleure amie de petite sœur a fait voler ses chaussures et ses chaussettes et s'est mise à danser joyeusement sur le sable. Le petit ange a voulu faire de même. Sa mère le lui a strictement interdit. Elle n'avait jamais laissé sa fille marcher dehors pieds nus, même sur le sable. Selon elle, marcher pieds nus était sale et non civilisé.

– C'est ton anniversaire, tu ne dois pas te salir aujourd'hui, lui a-t-elle dit avec le plus grand sérieux.

Son mari lui a mis la main dans le dos, et elle s'est figée. Elle a immédiatement compris que ce geste ne signalait pas son soutien, mais une ingérence. Elle lui a lancé un regard nerveux.

– C'est son anniversaire, faisons une exception, juste une fois, lui a-t-il dit avec calme.

Petite sœur n'en croyait ni ses yeux ni ses oreilles. Un revirement relationnel entre sa sœur et son beau-frère venait de s'opérer devant elle. Sa sœur était devenue complètement tendue, alors que son beau-frère affichait un calme serein. Se sentant vaguement responsable de ce bouleversement, elle a pris sa nièce dans ses bras pour régler la question des pieds sales et éviter que la situation dégénère davantage.

L'amie était déjà passée à autre chose. Elle a sorti de son sac à dos une couverture en batik qu'elle a étendue sur le sable. Le soir tombait, mais la chaleur du jour persistait dans le sable, la brise et la marée descendante. Tout le monde s'est installé sur un bout de la couverture. La petite s'est assise à côté de sa nouvelle tantine. L'anxiété était visible sur les traits de grande sœur et à mesure que les minutes passaient, la certitude qu'elle allait être témoin d'un désastre gagnait la cadette. Tout ce qu'elle voulait, c'était en finir au plus vite avec ce jour « spécial » pour en minimiser les dégâts. Mais avant la fin du jour, la situation allait s'envenimer encore plus. Son amie a brisé le silence en demandant au petit ange :

– Vois-tu des étoiles dans le ciel ?

La fillette hocha la tête. Elle les voyait. L'amie a dit ensuite :

– Maintenant, peux-tu voir des étoiles posées au sol ?

La bambine l'a regardée d'un air perplexe. Puis, elle s'est tournée pour interroger sa mère, puis son père du regard, et elle leur a trouvé l'air tout aussi perplexe. Elle a fixé à nouveau le visage de sa tante de « Haishang ».

– Tu ne sais pas qu'il y a aussi des étoiles posées au sol ? a-t-elle demandé à la petite.

La fillette a secoué la tête.

– Eh bien, tu en es une. Tu es notre petite étoile d'anniversaire.

L'enfant s'est de nouveau tournée vers ses parents et petite sœur et a crié « Bravo ! » en battant des mains. Son père l'a applaudie à son tour.

Sa mère a détourné les yeux.

Horrifiée, la petite sœur a grimacé.

Le silence est retombé sur le groupe, et après un long moment de contemplation des flots, l'amie s'est levée sans dire un mot et s'est dirigée vers la mer. L'enfant s'est levée d'un bond pour la suivre. Mais sa mère, d'un geste brusque se passant d'explications, l'a saisie par le bras. Le petit ange a crié « À l'aide ! » d'une voix stridente en direction de sa tantine de « Haishang », qui s'est retournée net. La mère a demandé à sa fille :

– Pourquoi appelles-tu *cette femme* à l'aide ?

L'enfant s'est mise à pleurer et à se tortiller pour se libérer de la poigne de sa mère.

Petite sœur ne savait plus que faire. En désespoir de cause, elle s'est tournée vers son beau-frère et a été surprise de l'entendre énoncer, avec une pointe d'impatience :

– Si elle veut y aller, laisse-la donc faire.

Hors d'elle, la grande sœur a dévisagé son mari.

– Que veux-tu dire au juste ?

La gamine a profité de ce moment pour se dégager de l'emprise maternelle et courir rejoindre sa tantine de « Haishang ».

– Ne la laisse pas se mouiller ! a crié la mère, impuissante.

– Si ça t'inquiète à ce point, pourquoi ne pas y aller avec elle ? lui a suggéré son mari.

– Non. Je ne touche pas à l'eau. Elle est trop polluée.

– Veux-tu que je l'accompagne, alors ?

– Pourquoi ferais-tu ça ? a rétorqué grande sœur, d'un air dégoûté.

Elle avait l'impression que son mari prévisible était devenu un étranger. Elle s'est tournée vers sa cadette, l'obligeant ainsi à se lever et à prendre la situation en main.

– Je ne fais absolument pas confiance à ton amie.

Pendant ce temps, cette dernière dansait avec la marée descendante, tandis que la petite, sur le sable sec, imitait ses mouvements. Grande sœur observait le spectacle, la mort dans l'âme. Elle a vu du coin de l'œil que son mari fixait « le large » avec grande sérénité. Il a articulé, à mots à peine couverts :

– *C'est l'anniversaire le plus heureux de sa vie.*

Pour la première fois dans sa vie d'épouse, un flot de tristesse a inondé grande sœur. En cet instant, elle s'apercevait que ce mari sans surprises était devenu une autre personne.

Ils sont demeurés silencieux pendant un long moment.

Puis, grande sœur s'est mise à bâiller bruyamment à répétition jusqu'à ce que son mari capte le message.

– Je vais leur dire que c'est l'heure d'y aller, a-t-il annoncé en posant ses mains sur la couverture pour s'aider à se lever.

Mais grande sœur, oubliant tout à coup sa fatigue, a sauté sur ses pieds et lui a barré la voie. Elle s'est interposée entre lui et les danseuses au bord de l'eau.

– C'est moi qui vais y aller, a-t-elle déclaré.

Elle ne s'est avancée que de quelques pas sur le sable avant de s'immobiliser et de crier à sa sœur de ramener sa fille.

Son mari s'est levé pour venir la rejoindre. Elle a noté qu'il fixait encore le large. Il avait plié la couverture en batik et l'avait empoignée d'une main. De l'autre, il tenait les souliers de la meilleure amie. Elle a émis un petit rire sarcastique qui lui a fait lâcher les chaussures sur le sable.

Petite sœur est revenue en tenant l'enfant par la main. Son amie suivait derrière.

La mère s'est accroupie pour tâter le bas des pantalons de sa fille, faisant une grimace de dégoût même si l'enfant n'était pas allée dans l'eau.

– Quel homme pourrait supporter une femme aussi fantasque ? a-t-elle maugréé.

Les menottes de sa fille lui ont saisi le nez.

– Je ne suis pas une femme fantasque, a déclaré la bambine, de sa voix innocente.

Tout le monde a éclaté de rire.

Le soir de son retour à Shanghai, l'amie de petite sœur lui a donné un coup de fil pour la remercier de cette si belle journée. Elle s'extasiait sur sa nièce, déclarant que la petite était encore plus mignonne qu'elle ne l'avait imaginée. Mais petite sœur s'est rendu compte qu'elle ne tenait plus à discuter de sa nièce avec elle. Tout en tentant de se concentrer sur la conversation, elle n'entendait que les reproches que lui avait adressés sa sœur. Son aînée avait répété que cet anniversaire avait été le pire de tous les temps, et qu'elle ne compterait plus jamais sur elle pour organiser une fête. Elle admettait que l'anniversaire ne s'était pas déroulé comme prévu, mais elle trouvait que sa nièce avait passé une journée formidable. Elle se sentait déchirée.

Un soir, après trois semaines sans nouvelles, sa meilleure amie l'a rappelée au téléphone. Elle lui a demandé pourquoi elle n'avait pas donné signe de vie comme d'habitude. Elle lui a répondu plutôt froidement. L'amie ne l'a pas remarqué, ou a fait mine de ne pas le remarquer, et elle a repris son discours enthousiaste au sujet du petit ange. Elle semblait savoir ce que la petite fille avait fait au cours de ces trois dernières semaines. Un mauvais pressentiment a gagné petite sœur. Elle ne lui a pas demandé comment elle avait obtenu ces informations. Elle a fait comme si c'était tout à fait naturel, et n'en a surtout pas parlé à sa sœur.

Le chat est sorti du sac quelques mois plus tard. Assise dans le café du chic centre commercial, elle a aperçu la silhouette de sa meilleure amie, puis le dos de son beau-frère. Elle a aussitôt téléphoné à sa sœur et lui a demandé si elle pouvait aller chez elle le soir même pour parler de quelque chose. Elle a précisé que c'était important. La réponse de sa sœur a été très difficile à entendre. Elle a répondu qu'elle était la bienvenue, qu'elle n'avait rien au programme puisque son mari était en voyage d'affaires à Kunming pour quelques jours.

Petite sœur est arrivée sitôt sa journée de travail terminée. Elle est entrée dans la cuisine en brandissant un sac de mets à emporter. Elle a dit à son aînée de ne pas se soucier du repas. Après avoir mangé, les sœurs se sont baladées dans le jardin avec la petite dans la poussette. Toutes deux parlaient de tout et de rien, esquivant la raison de cette visite urgente. De retour à l'étage, elles ont donné son bain à la petite et l'ont mise au lit. Comme d'habitude, le petit ange a dit des choses craquantes avant de s'endormir, mais elle n'a pas eu le cœur de les noter. Petite sœur a ensuite aidé son aînée à nettoyer la salle de séjour. Grande sœur lui a suggéré de ne pas rentrer chez elle pour la nuit. Son grand lit était à moitié vide. Elle a accepté de rester.

Allongée sur le lit conjugal après ses ablutions, elle a trouvé absurde d'être couchée à la place de son beau-frère. Sa sœur l'a rejointe et a immédiatement éteint la lampe de chevet, comme si ce qui allait être dit serait mieux dit dans le noir. Petite sœur a fixé l'obscurité soudaine et s'est sentie submergée par un sentiment de culpabilité.

– Je suis tellement désolée, a-t-elle chuchoté.

La réponse a mis du temps à venir et l'a surprise.

– À quoi bon dire que tu es désolée, maintenant ? a dit grande sœur calmement.

La cadette s'est levée sur ses coudes et a cherché dans le noir le visage de sa sœur.

– Tu es donc au courant? a-t-elle demandé.

– Je regrette de ne pas avoir tenu compte de tes conseils quand j'ai fait mon choix, a simplement répondu l'aînée.

Après le divorce, grande sœur est retournée vivre dans l'appartement qu'elle louait jadis avec petite sœur. Lors de la dernière dispute avant leur séparation, son mari avait dit qu'elle pouvait tout prendre, sauf l'enfant. Elle a déclaré qu'elle ne voulait rien, pas même la petite pour qui elle s'était sacrifiée. Elle avait perdu le goût de tout. Dans les trois mois qui ont suivi le déménagement, elle n'a pas mis une seule fois le nez dehors. Sa sœur se faisait du sang de cochon. Elle l'exhortait à faire au moins de petites promenades pour prendre l'air. Mais la sœur aînée refusait. Elle lui a alors suggéré de se trouver un emploi ou un petit ami.

– L'amour, c'est la vitalité, lui a-t-elle déclaré.

Mais l'aînée de voulait rien savoir.

Trois mois de confinement ont rendu son corps émacié. Curieusement, son aspect fragile ne ternissait en rien sa beauté. Il augmentait même son pouvoir de séduction. Un jour, à l'heure du midi, alors qu'elle contemplait son visage blême dans le miroir, elle s'est étrangement remémoré les armes de destruction massive que les Américains n'avaient pas trouvées en Irak. Un désir de vengeance a subitement germé en elle. Elle s'est sentie renaître et a confié à sa sœur qu'elle était prête à passer à l'action.

– La haine, c'est la vitalité.

– Contre qui veux-tu te venger? a demandé sa petite sœur, inquiète.

– Je vais rendre la monnaie de leur pièce à tous ceux qui m'ont blessée.

– Toute forme de représailles n'est qu'un châtiment contre soi-même, a dit la plus jeune. La personne qui passe à l'action finit par être la victime.

Grande sœur ne saisissait pas son propos. Le meilleur moyen de détruire un homme était de s'attaquer à sa fierté et à sa dignité. Elle a affirmé qu'elle souhaitait que celui qui l'avait trahie perde toute valeur aux yeux des autres.

– Je ne m'attendais pas à ce que tu sois aussi vindicative.

– N'est-ce pas entièrement de ta faute? a méchamment répondu l'aînée.

Grande sœur a quitté l'appartement un vendredi après-midi pour ne rentrer que le jour suivant. Elle a sans difficulté conquis le président de l'agence où travaillait son ex-mari, celui qui avait voulu enseigner à ce dernier des stratégies ou plutôt des « positions » d'occupation efficaces. Le président a saisi son intention avant même qu'elle termine sa première phrase au téléphone, assise dans le café du chic centre commercial. Il l'a emmenée au restaurant d'un hôtel cinq étoiles, où il l'a encouragée à manger pour reprendre des forces en écoutant attentivement ses doléances. Il a déclaré que son subordonné, qu'il avait tenu en haute estime, n'avait même pas fait preuve d'un minimum de rectitude morale et qu'il ne méritait plus la promotion de vice-président. Elle a feint d'être désolée.

– Le travail et la vie personnelle sont deux choses différentes. S'il le mérite, vous devriez le promouvoir, a-t-elle affirmé.

Il l'a louée pour sa magnanimité. Si dans l'avenir, elle avait des soucis, n'importe lesquels, elle pourrait venir vers lui. Il l'aiderait toujours. Après le repas, le président de la société lui a avoué, un peu gêné, qu'il avait retenu une chambre pour elle. Si elle le désirait, elle pouvait y passer la nuit pour se détendre, et il viendrait la chercher le lendemain à midi. Grande sœur a répondu d'un ton tout aussi gêné que s'il l'aidait à se détendre, elle passerait volontiers la nuit à l'hôtel. Il lui a saisi la main et l'a entraînée tout de suite vers les ascenseurs. Sitôt la porte refermée, il lui a empoigné les seins par-derrière. Dans un état d'excitation évident, il lui a glissé à l'oreille qu'il rêvait de ce moment depuis le jour où il l'avait rencontrée. Elle avait remporté la première bataille.

Sa deuxième cible était l'homme de confiance de son ex-mari. Elle avait à plusieurs reprises essayé de l'inviter à prendre un café avec elle. Ce n'était que maintenant que le jeune homme, de huit ans son cadet, avait finalement accepté. Elle avait une stratégie. Elle ne mentionnerait pas son ex-mari au cours de la conversation, car elle ne voulait pas faire pression sur un être aussi innocent. En toute franchise, le jeune homme lui a avoué qu'il hésitait entre deux filles qui l'avaient pris en chasse. Elle lui a donné des conseils, comme l'aurait fait une grande sœur, et le jeune a finalement lâché qu'il n'était amoureux ni de l'une ni de l'autre. Elle lui a alors demandé quel genre de femme il aimait.

– Je...

Le jeune homme hésita un instant, un peu affolé

– Je souhaiterais trouver quelqu'un comme vous, a-t-il répondu. Elle a éclaté de rire.

– Quelqu'un d'aussi vieux ou quelqu'un d'aussi insensé que moi ? Ou quelqu'un de divorcé comme moi ? a-t-elle demandé sur un ton coquin.

Le jeune homme a baissé des yeux embarrassés. Elle lui a doucement pris la main et l'a invité à l'accompagner au cinéma pour voir un film hollywoodien nouvellement à l'affiche au centre commercial. Il n'a pas répondu... mais il l'a suivie dans l'obscurité de la salle. Elle a posé sa main sur la cuisse du jeune homme à la dixième minute du film. Il était tendu. Il fixait l'écran sans remuer un muscle. Elle lui a trouvé l'air risible. Vers la moitié du film, elle a tenté de baisser la fermeture éclair de son jean. Il continuait à fixer l'écran. Elle a finalement réussi à ouvrir sa braguette… Lorsqu'ils sont sortis de la salle, elle a demandé au jeune homme, qui regardait invariablement droit devant lui, pourquoi il avait toujours trouvé mille et une raisons pour ne pas accepter ses invitations à sortir avec elle. Il a répondu qu'il avait peur. Elle lui a demandé de quoi. Il lui a dit qu'il craignait de perdre son emploi.

– Certains hommes abdiquent le trône impérial pour l'amour d'une femme, a-t-elle rétorqué d'un ton sarcastique en lui pinçant une fesse.

Sa troisième cible était ce vieil homme que son ex-mari respectait beaucoup et avait toujours appelé « l'ancien chef ». Elle ne s'attendait pas à la colère de l'ancien chef contre son ex. Avant même qu'elle n'ouvre la bouche pour s'en plaindre, il s'est mis à le vilipender, le traitant entre autres de porc abusif et de petit homme immoral. Il a déclaré avoir commis une erreur de jugement sur une personne pour la première fois.

– Et c'est une erreur majeure, a-t-il reconnu.

Les condamnations et l'autocritique du vieux chef l'ont tellement émue qu'elle s'est mise à pleurer. Ses larmes ont outré le vieil homme davantage. Il lui a saisi les mains et les a retenues dans les siennes en lui répétant de ne pas être triste, de ne pas gaspiller son énergie pour un tel scélérat. La gentillesse du vieillard l'a secouée. Elle a pressé l'une des mains ridées contre son sein. Le vieil homme tremblait d'excitation. Il s'est mis à masser sa poitrine d'une main habituée, et avec beaucoup d'emphase, l'a enjointe à garder la tête haute et la poitrine bombée. Un frisson euphorisant de vengeance lui a parcouru l'échine. Elle a placé la main de l'homme entre ses cuisses, et il lui a asséné des baisers mouillés sur la joue. En l'embrassant, il lui a promis que le porc payerait cher cette peine qu'il lui avait causée. Lorsqu'il l'a déposée devant la porte de son immeuble, il lui a assuré que peu importe ce dont elle aurait besoin, elle pourrait le lui demander. Elle a répondu qu'elle n'avait besoin de rien. Il a louangé son beau visage et son cœur en or. Il restait trop peu de femmes de sa trempe dans le monde. Et il l'a conviée à venir chez lui en tant qu'invitée, car il affirmait que côtoyer la jeunesse le faisait se sentir plus jeune.

Ensuite, elle a repensé à son ancien prétendant. Elle lui a demandé de la retrouver dans le café où ils avaient fait connaissance. Elle a pris soin d'arriver tôt afin de s'asseoir à la même table que jadis. Elle ne s'attendait pas à ce qu'après toutes ces années, il paraisse toujours aussi bien. Elle s'attendait encore moins à de grands changements quant à sa personnalité. Sa confiance semblait s'être envolée. Il ne parlait plus à cent kilomètres à l'heure. Il savait maintenant écouter. Elle ne s'attendait pas à ce qu'il se souvienne dans les moindres détails des moments passés ensemble. Alors qu'elle les revivait, son regard nostalgique l'a remplie de regrets et a balayé ses sentiments de haine envers son ex-mari. Elle avait pris une mauvaise décision qui ne méritait pas aujourd'hui le déploiement de toute cette haine. Ce brusque changement d'attitude a pansé ses blessures émotionnelles. Mais elle restait étonnée que l'homme vaincu soit encore à ce point marqué. Bien avant qu'elle n'ait terminé de narrer sa triste histoire, les larmes baignaient les yeux de l'homme. Émoustillée, elle imaginait les mots de réconfort qu'il lui murmurerait. Comme ce serait romantique de partager sa couche. S'ils faisaient l'amour, il mettrait un accompagnement musical, probablement *Les quatre saisons* de Vivaldi. Elle ne se rendait pas compte qu'elle était témoin non pas d'une démonstration romantique, mais d'un profond désespoir.

– Je suis désolé, a dit l'homme, manifestement aux prises avec une terrible angoisse. Je ne peux pas vous aider maintenant. D'aucune façon.

Il ne s'est pas justifié. De toute façon, elle ne voulait pas savoir. Qu'il soit différent de tous les autres hommes lui suffisait.

Elle a quitté le café et elle est sortie du centre commercial. Mais après avoir parcouru quelques mètres dans la rue la plus chic de la ville, elle s'est soudainement arrêtée. Elle a pris son téléphone dans son sac et a composé le numéro de son ex-mari. C'était la première fois qu'elle ressentait le besoin de l'appeler depuis le divorce. Elle a nerveusement attendu qu'il réponde, mais elle est finalement tombée sur sa voix enregistrée l'invitant à laisser un message. Tout autour d'elle, des couples étranges la croisaient. Impossible de savoir s'ils étaient mariés ou pas, ou si ces couples vivaient une liaison. Elle manquait d'air. Elle a composé le numéro à nouveau. Après le timbre sonore, elle a dit calmement : « Je ne te déteste plus. Tu ne mérites pas ma haine. Notre mariage a été une erreur. Je ne t'ai jamais aimé. Je ne t'ai épousé que parce que tu étais sans surprises. C'est ma faute. Maintenant, je me déteste. Maintenant, tout ce qu'il me reste, c'est un profond regret. »

Ne plus détester son ex-mari n'a pas mis fin à ses représailles. Un jour au restaurant, elle a aperçu son plus grand rival commercial. Il l'avait décrit comme un prédateur. Elle se souvenait des hauts et des bas que son ex-époux avait ressentis lorsqu'ils s'étaient mesurés dans des duels professionnels. Elle ne l'avait vu qu'une seule fois. Mais il l'a immédiatement reconnue. Prenant les devants, il s'est approché de sa table. Quelques mots superficiels ont suffi à exposer le désir de chacun. Il l'a invitée à venir chez lui le lendemain après-midi. Il pouvait la recevoir à la maison, puisque sa femme avait emmené leurs enfants en vacances en Europe. Elle est arrivée à l'heure prévue, et il l'a menée vers la chambre conjugale. Durant les heures qui ont suivi, il l'a fait jouir quatre fois. Du jamais vécu pendant son mariage. Une bouleversante révélation sensuelle. Au premier orgasme, elle a reconnu dans les affres du plaisir que la virilité d'un homme était la véritable mesure de sa fiabilité. En le chevauchant, elle ne se percevait plus en victime, et l'homme qui la faisait jouir encore et encore répétait qu'elle le rendait dur. L'avoir conquise lui fouettait les sangs, nourrissait son estime. La voir jouir lui faisait croire que peu importe le nombre de fois que son ex-mari l'avait battu en affaires, il ne lui arrivait pas à la cheville, c'était un minable. Trois heures de copulation ne l'ont même pas fatigué. Après le quatrième orgasme, il l'a laissée récupérer entre les draps et il est passé à la cuisine pour préparer un copieux repas. Ils se sont prélassés à table, rayonnants du plaisir qu'ils venaient de se donner. Tout en se restaurant, elle lui a livré des informations délicates au sujet des affaires de son ex-mari, des informations qui ont continué à nourrir la confiance du camp ennemi. Quand elle lui a dit que son ex-mari était franchement mauvais au lit, il a lâché d'un ton moqueur :

– Comment un agent immobilier peut-il satisfaire ses clients s'il ne peut pas satisfaire sa femme ?

Cet après-midi au lit avec la femme de son compétiteur avait définitivement effacé les blessures psychologiques de l'homme d'affaires.

Grande sœur n'a pas été en mesure de réaliser entièrement son plan de vengeance. Après cinq mois de folie destructrice, son corps l'a lâchée, elle a touché le fond du baril. Elle avait des étourdissements et ressentait une grande anxiété. Il y avait du sang dans son urine. Sa vue se détériorait. Petite sœur a remarqué son déclin et l'a priée d'aller consulter un médecin. Mais grande sœur répondait qu'elle n'avait pas le temps, et trouvait toujours des excuses. Puis un jour, arrivée en taxi devant l'entrée de leur complexe d'habitation, elle s'est trouvée trop faible pour sortir de la voiture. Avec l'aide du chauffeur, elle a réussi à se lever et à faire un pas. Mais au deuxième, elle s'est effondrée. Le chauffeur l'a amenée au service des urgences de l'hôpital du Peuple. On lui a fait une analyse sanguine.

Petite sœur s'est précipitée à son chevet. Grande sœur avait déjà été transférée aux soins palliatifs, ses jours étaient comptés. Le médecin de service espérait que petite sœur pourrait l'aider à retrouver tous les partenaires sexuels de sa sœur des six derniers mois. Il était impératif d'identifier tous ceux avec qui elle avait couché.

Petite sœur a transmis la triste nouvelle à leur mère éloignée. Elle a pris bien soin de ne pas nommer la maladie incurable dont souffrait son aînée. Mais sa mère a tout deviné et s'est mise à jurer, disant que sa fille avait creusé sa propre tombe, que c'était son châtiment. Elle a dit qu'elle ne voulait plus jamais entendre parler d'elle, qu'elle n'avait désormais qu'une seule fille. Cette réaction n'a pas surpris la jeune femme. Elle a raccroché calmement et a composé le numéro du mari de sa meilleure amie. Sa réaction a été nettement moins émotive que celle de sa mère, comme si cette nouvelle ne le surprenait pas vraiment. Il a déclaré froidement que ni la vie ni la mort de cette femme ne le concernaient. Il ne se rendrait pas à son chevet et ne laisserait pas sa fille la voir.

Petite sœur a donc vu seule aux soins de son aînée pendant trois mois. Puis, elle a réglé la question des arrangements funéraires. Le jour où grande sœur a cessé de respirer, sa meilleure amie l'a appelée pour lui demander si elle avait besoin d'aide. À brûle-pourpoint, elle a répondu par la négative. Mais dans les faits, ce jour-là, elle aurait tant eu besoin de soutien.

Après cette journée éprouvante, elle n'est rentrée chez elle qu'au petit matin. Elle pensait prendre une douche rapide et se coucher, car le lendemain, elle devait mener le corps de sa sœur au crématoire. Mais alors qu'elle était debout devant la porte de son immeuble, les événements des derniers mois l'ont soudainement rattrapée. Ses clés ont glissé de sa main et ont frappé le sol avec un tintement froid. Elle s'est effondrée en pleurs sur le palier.

Ses sanglots ont réveillé le dramaturge qui habitait au deuxième. D'abord, il a cru rêver. Il s'est dirigé vers sa porte et l'a ouverte. Le bruit des pleurs n'a en rien dissipé l'impression qu'il dormait encore. Curieux, il a descendu l'escalier, a poussé la porte d'entrée et a trouvé la jeune femme avachie. Il lui a demandé ce qu'elle avait.

Elle n'a pas répondu.

Il lui a demandé pourquoi elle ne rentrait pas chez elle.

Elle n'a rien dit.

Le dramaturge a hésité, puis il s'est assis à côté d'elle.

Il s'est souvenu d'une scène similaire dont il avait été témoin l'année précédente. Une impression de déjà-vu s'est saisie de lui. Il est resté à ses côtés, perdu dans une sorte de rêverie. Un courant d'air l'a tiré de ses songes.

– Avez-vous froid ? Je crois qu'il commence à pleuvoir, lui a-t-il dit.

Petite sœur est demeurée muette.

– Je ne vous ai jamais vue sourire, a-t-il ajouté. On dit que vous avez un charmant sourire.

– Qui a dit ça ?

– Votre sœur.

– Vous avez parlé à ma sœur ?

– Une fois. Il y a environ un an. Comme le temps passe...

Les paroles du dramaturge ont étonné petite sœur.

– Mais elle ne vivait pas ici à cette époque.

– Non, pas encore. Elle était venue vous voir. Et c'était à peu près à la même heure.

– Pourquoi n'a-t-elle pas sonné ?

– Parce qu'elle ne voulait pas vous déranger. Elle ne voulait pas vous réveiller.

Il a marqué une pause avant de continuer.

– Elle était assise ici, comme vous, avec un air tout aussi triste.

– Qu'est-ce qu'elle vous a dit ?

– Elle a parlé de vous, de votre sourire légendaire.

– Je veux dire : vous a-t-elle confié pourquoi elle venait me voir si tard ?

– Pas exactement. Elle répétait simplement une phrase. J'imagine qu'elle était blessée émotionnellement.

– Quelle phrase ?

– Nous vivons dans un monde absurde, où trouver un seul homme fiable est impossible.

En entendant ces mots, elle s'est remise à pleurer.

– Elle est déjà partie, a-t-elle dit à travers ses larmes.

– Pour aller où ?

– Elle ne reviendra jamais.

Le dramaturge l'a regardée.

– Que voulez-vous dire au juste ? a-t-il demandé.

– C'est complètement de ma faute.

Le dramaturge s'apprêtait à lui demander de s'expliquer, mais un grondement de tonnerre a coupé court à leur échange. Petite sœur a frissonné et s'est enveloppée de ses bras. Elle a remarqué le t-shirt à l'effigie de Shakespeare que l'homme portait tous les jours.

– J'ai lu votre entrevue dans le journal à l'hôpital, a-t-elle dit en reniflant.

– Et votre sœur, l'a-t-elle lue ?

– Non. Elle n'était presque plus consciente à ce moment-là.

Le dramaturge a poussé un profond soupir.

– Si elle avait eu l'occasion de le lire, elle aurait su qui j'étais et elle aurait peut-être enfin compris ma réponse à sa question de ce soir-là.

– À quelle question ? a demandé petite sœur.

– « Quel est le but de tout ça ? » a déclaré le dramaturge. À son ton de voix, je devinais qu'elle était dans un état de désespoir profond.

– « Quel est le but de tout ça ? » J'ai tant voulu poser cette même question, a répondu petite sœur.

– Dans mon cas, le but, c'est le drame. La vie est comme une pièce de théâtre, aussi bien qu'elle soit enlevante.

– Alors, quel est le but de la vie, dans mon cas ? Et pour ma sœur ? Quel a été l'objectif de son existence ? Pourquoi a-t-elle vécu ?

– Selon Shakespeare, « le monde est une scène ». C'est ce que je lui ai répondu ce soir-là.

– Si notre vie est une pièce de théâtre, alors la nôtre est une tragédie, a rétorqué petite sœur.

Une expression de surprise s'est affichée sur le visage de l'homme.

– Vous êtes fascinantes, les deux sœurs. Vous avez toutes les deux posé la même question et réagi de la même façon à ma réponse.

– Le jeu de la vie n'est-il pas nécessairement une tragédie ? a demandé la jeune femme, en faisant écho à la question que sa grande sœur avait posée.

– Shakespeare n'a pas dit cela..., a répondu le dramaturge.

– Je me demande qui nous a attribué ces rôles tragiques.

– « Nous » ? a répété le dramaturge.

– Oui, nous. Qui m'a attribué ce rôle et celui de ma sœur... et le vôtre ?

# Le prodige

Je suis le seul à savoir pourquoi je n'ai pas assisté à la cérémonie de remise du prix, un événement organisé par la Commission municipale de l'éducation en l'honneur de mon professeur et moi. Je me suis classé deuxième dans un concours national de piano, dans la catégorie jeunesse. Ses organisateurs ont téléphoné à mes parents pour les informer qu'on me remettrait un prix en argent jumelé à un certificat, et que tous les médias de la ville assisteraient à la cérémonie, en plus du maire adjoint qui prononcerait un discours. Mais vingt minutes avant le début de l'événement, mes parents ont contacté les organisateurs pour leur expliquer qu'une forte fièvre me clouait au lit depuis deux jours. Ils ont ajouté qu'ils avaient gardé espoir que la fièvre cesserait à temps pour que leur fils puisse recevoir son prix en mains propres. Malgré tous les efforts du médecin, le thermomètre s'accrochait à un chiffre vertigineux. Ils se sont excusés de long en large tout en confirmant qu'ils assisteraient à la soirée et accepteraient le prix en mon nom. Cependant, ils ne rencontreraient pas les médias et espéraient que les bonnes gens de la Commission comprendraient.

En vérité, mes parents ignoraient complètement où j'étais. Le matin, au lever, ils avaient constaté que je n'étais pas dans ma chambre. Après m'avoir cherché pendant des heures en fouillant sans succès l'appartement, l'immeuble et les alentours, ils ont été obligés de faire cet appel. Ils ont menti. Ils croyaient que j'avais fugué comme la fois où ils avaient refusé que je change de professeur de piano. Cet épisode s'était terminé par un appel de la Police ferroviaire de Guangzhou qui leur demandait de venir me chercher. Mais le jour de la remise du prix, je n'étais pas en fugue. Ils faisaient erreur. J'étais caché dans la cave de notre immeuble. Dans la salle électrique. Fermement décidé à demeurer hors de la vue de tous jusqu'à la fin de la cérémonie. Le moment venu, j'ai regagné ma chambre en catimini. Lorsque mes parents ont poussé la porte de notre appartement, j'étais assis sur mon lit. Soulagés de me trouver là, ils ne m'ont pas posé de questions. Ils venaient de comprendre que s'ils avaient été attentifs à une autre de mes demandes, je n'aurais pas agi de la sorte.

Deux jours plus tôt, je leur avais demandé la permission de ne pas assister à cette cérémonie. Comme toujours, ils étaient pressés et ne m'avaient pas laissé formuler le fond de ma pensée. Si seulement ils avaient pris le temps et n'avaient pas coupé court à mes raisons méticuleusement préparées, la situation n'aurait pas dégénéré. Mais ils avaient refusé ma demande. Point à la ligne. Aucune négociation possible. Ils avaient déclaré que même si je faisais de la fièvre et ne pouvais pas marcher, ils me traîneraient à la cérémonie sur une civière.

En me voyant assis sur mon lit, mes parents se sont précipités à mes côtés. Aucune réprimande, aucune question. Ils ont seulement dit que c'était dommage que je ne les aie pas accompagnés. Le maire adjoint avait prononcé un discours élogieux et, point culminant de la soirée, mon professeur avait épaté la galerie avec le compte-rendu de mes progrès fulgurants des deux dernières années. J'ai fixé mon couvre-pied, attendant patiemment qu'ils finissent de me narrer la réaction des parents et des enfants pianistes dans l'assemblée. Alors qu'ils étaient sur le point de me présenter mon certificat, je les ai regardés et j'ai prononcé exactement les mots que j'aurais prononcés devant le public si j'avais été présent : « Même si on me bat jusqu'à la mort, jamais plus je ne toucherai à un piano. »

Treize ans se sont écoulés depuis ce soir-là. Mais c'est comme si c'était hier.

J'avais la moitié de mon âge actuel. J'étais un enfant prodige, célèbre dans notre ville. Je faisais la fierté de mes parents. Le public et les médias se tenaient sans cesse à l'affût de mes derniers exploits. J'étais un étalon de mesure dont se servaient les parents pour évaluer le cheminement de leurs propres enfants ; une flèche toujours ascendante sur la grille de la réussite.

Toute la ville savait que l'après-midi de mon treizième anniversaire, le maire m'avait téléphoné et félicité pour mes premières places aux concours provinciaux de mathématiques et de composition. Tous étaient au courant que je lisais *Harry Potter* en version originale et que personne de moins de vingt ans ne pouvait me battre aux échecs. Qu'à douze ans, je connaissais par cœur les noms et surnoms de chacun des joyeux compagnons du mont Liang dans *La légende des chevaliers aux 108 étoiles*, et que j'avais lu *Guerre et paix* ainsi qu'*À l'Ouest, rien de nouveau*. Qu'à onze ans, j'avais mémorisé les classiques chinois *Préface au pavillon du Prince Teng* et *Les fautes de Qin*. Qu'à dix ans, j'avais découvert une erreur dans l'examen d'entrée du lycée, et que l'année précédente, lors d'un jeu-questionnaire sur les faits divers, j'avais donné, sans préparation, la superficie de Jérusalem et la population de la République de Sierra Leone. Et tous en savaient encore davantage sur mes prouesses au piano : à quel âge j'avais commencé, obtenu mes premiers prix et réussi tel ou tel examen. Ces informations avaient été publiées à maintes reprises dans les journaux. Les parents voulant forcer leur enfant à étudier le piano me citaient en exemple. J'étais un phénomène. Et l'absence de tics, de troubles compulsifs et de comportements excentriques souvent associés aux prodiges ajoutait à mon aura. Je ne démontrais aucun symptôme de dépression, de repli sur moi-même ou de paranoïa. Je siégeais au conseil étudiant, je faisais du bénévolat à la bibliothèque, j'étais poli et avenant avec les voisins, et me montrais modeste devant mes camarades de classe. En un mot, j'étais un phénomène équilibré, un prodige épanoui.

C'est ce qu'on croyait. En vérité, toute la ville se trompait au sujet de ma vie réelle, y compris mes parents. Personne ne voyait la face cachée de mon existence, personne ne percevait l'obscurité derrière sa brillante façade. Personne ne pouvait savoir que pendant une demi-année avant mes treize ans, j'ai vécu des expériences qui m'ont bouleversé. Une sorte de supplice physique et mental, où j'ai d'abord rencontré un ange, puis un diable. Personne n'était au courant, et surtout, personne ne voulait briser l'illusion de perfection qui planait autour de ma personne. La cérémonie de remise du prix m'a semblé l'occasion de révéler au monde à quel point il se trompait à mon sujet. Mais j'ai reculé en suppliant mes parents de ne pas m'obliger à y assister. Je me sentais tout à coup incapable de dévoiler ma honte et mon traumatisme à l'auditoire. Mais mes parents n'ont pas eu la patience de m'écouter, d'entendre mon explication. Ils ont répondu que cette cérémonie était tenue en mon honneur, que c'était mon devoir d'y assister et qu'ils perdraient la face si je n'y allais pas.

Ils ne savaient pas quelle humiliation les guettait si j'y étais allé. J'aurais commencé par dire que j'avais rencontré un ange de quinze ans mon aînée...

C'était ma cousine. Un soir, elle est arrivée en catastrophe à la maison en provenance de Shilong, une petite ville à environ trois heures en train au nord d'ici. Son visage était éteint, ses yeux, sans lumière, et son corps semblait épuisé. Je ne l'avais pas vue depuis deux ans. Je n'aurais pas cru qu'elle pouvait autant changer en si peu de temps. Ce n'était plus ma cousine, cette fille innocente que j'avais toujours connue. Elle était devenue une femme, une source de tentation. Même dans son état lamentable, il se dégageait d'elle un parfum de sensualité, une sorte de message qu'elle me faisait parvenir du fond de son être féminin. Sa main posée sur ma tête pour m'ébouriffer les cheveux en guise de bonjour a envoyé un éclair foudroyant de désir et d'embarras à travers mon corps. Le soir venu, ma mère m'a annoncé que ma cousine allait rester avec nous pendant un certain temps. Quand j'ai voulu savoir pourquoi, elle a seulement dit qu'elle ne pouvait plus vivre dans sa maison. Mère m'a demandé si j'avais remarqué la cicatrice sur sa joue. Bien sûr que je l'avais remarquée. Elle m'a appris que son mari lui avait infligé cette blessure en la frappant avec une spatule rougie dans le feu. J'ai demandé pourquoi il avait fait une chose pareille. Elle m'a répondu qu'elle l'ignorait et ne cherchait pas à comprendre. Puis, elle m'a intimé d'éteindre ma lampe de chevet et de ne jamais parler de cette marque à la « pauvre fille ».

Ma cousine est restée chez nous pendant deux semaines. Je dormais sur le canapé du salon, et elle, dans mon lit. Chaque soir, je peinais à fermer l'œil. Je me tournais d'un côté puis de l'autre dans un état d'agitation extrême. Derrière la cloison, j'entendais remuer les draps. Ma cousine semblait tout aussi agitée que moi. Cette concordance entre nos états d'âme me donnait l'illusion que la nuit était en fait un espace qui appartenait à nous seuls. Au cours de mes insomnies, je fabulais un avenir où nous vivrions ensemble tous les deux. Je me voyais devenu un jeune homme galant, alors que ma cousine ne vieillissait pas. Elle demeurait aussi jeune et jolie qu'elle l'était à mes treize ans. Dans mon imagination, elle portait un tablier d'une couleur vive et me servait mes plats préférés de tofu piquant et de côtelettes de porc panées. Quand je fixais ses bras pâles, des pulsions troublantes me faisaient palpiter corps et âme... Ces quatorze jours ont été les plus délicieux de ma vie. Mon agitation et mes exaltations nocturnes me hantaient le jour. En classe j'étais absent, incapable de me concentrer sur quoi que ce soit. Partout où je posais les yeux – tableau noir, partition de musique ou ciel bleu – je ne voyais que le doux visage de ma cousine. Ou du moins les commissures de ses lèvres retroussées, son petit nez mouillé de transpiration, ses cheveux ondulés, l'enflure de ses seins ou le pli attirant de sa peau lorsqu'elle fléchissait le coude. Après l'école, je me précipitais à la maison afin de passer le plus de temps possible auprès d'elle, pour humer ce subtil parfum qui émanait du plus profond de son être.

Un vendredi soir, mes parents ont soupé à la hâte et se sont précipités à l'hôpital pour visiter un collègue victime d'un AVC. C'est la seule fois où je me suis retrouvé seul avec ma cousine. J'ai mangé lentement pour éterniser mon miraculeux tête à tête avec elle. Chaque fois que nos yeux se rencontraient, un sourire tendre se dessinait sur son visage. J'avais l'impression que ce sourire n'appartenait qu'à moi. Ce sourire constituait le pinacle de la beauté, une beauté que même la musique ne pouvait pas transmettre, et que nul autre ne pouvait apprécier. J'étais ensorcelé. Pendant ce repas, j'avais l'impression de vivre déjà dans ce monde de demain, d'être cet élégant jeune homme qui pouvait se permettre certaines questions indiscrètes.

– Pourquoi ton mari t'a-t-il frappée ? ai-je demandé à la déesse devant moi.

Elle m'a souri en me faisant comprendre que ce n'était pas le type de question que je pouvais poser. Néanmoins, elle a choisi de me répondre.

– Parce que... parce qu'il sait que je ne l'aime pas.

– Alors pourquoi vous êtes-vous mariés ?

Ma cousine a posé ses baguettes et s'est appuyée sur le dossier de sa chaise.

– Je ne sais pas. Dans la vie, il n'y a pas toujours une raison.

Peut-être bien, mais tellement de *pourquoi* se bousculaient en moi que je ne pouvais m'empêcher d'en formuler encore quelques-uns.

– Alors, pourquoi ne pas divorcer ?

– Parce qu'il ne veut pas divorcer, a-t-elle déclaré me regardant droit dans les yeux avec un air d'impuissance.

Je me suis senti aussi impuissant qu'elle, incapable de comprendre comment elle pouvait supporter de vivre dans le piège d'une relation forcée.

– L'as-tu déjà aimé ?

Elle a hoché la tête avec tristesse.

– J'aime quelqu'un d'autre, a-t-elle murmuré.

Savoir qu'elle avait quelqu'un d'autre dans sa vie m'a rassuré. C'était comme si ce quelqu'un d'autre pouvait être moi. J'ai osé un autre *pourquoi*.

– Alors pourquoi n'as-tu pas épousé l'homme que tu aimes ?

– Parce que ce n'était pas possible.

– Pourquoi ?

– Parce qu'il est mort, a répondu ma cousine, en se mettant à sangloter. Parce qu'il est mort depuis déjà longtemps.

Sa révélation m'a glacé le dos jusqu'à la moelle et a mis fin à mes questions. Je ne voulais surtout pas exacerber sa détresse. J'ai fixé mon bol de riz en repensant au premier cadavre que j'avais vu, celui d'un étudiant de lycée noyé dans le réservoir en bordure de notre complexe d'habitation. J'avais seulement sept ans à l'époque. Je m'étais frayé un chemin entre les badauds et avait aperçu le corps albâtre. La mort m'avait semblé terrifiante. Même celle d'un parfait étranger. Alors que devait-elle être lorsqu'elle nous prenait un être cher ?

Je n'ai parlé à personne de cette conversation avec ma cousine, et encore moins de l'effet émotionnel qu'elle avait eu sur moi et de son influence sur le cours de mon existence. L'amour et la mort se sont unis dans mon cœur, engendrant un état dépressif. Une sorte de terreur sourde tapie au fond de moi, à laquelle je ne peux plus échapper. Ce soir-là, encore sous le choc, je me suis installé au piano devant les *Variations Goldberg* de Bach. Je préparais depuis quelque temps la seizième variation, et alors que mes doigts caressaient les touches, j'ai entendu une voix mystérieuse au fond de la musique. « Il n'est pas mort, il n'est pas mort, il n'est pas mort... » a répété la voix pendant une longue minute. Cette voix mystérieuse m'a permis d'atteindre le sublime de ce morceau de musique, m'a donné la clé d'une grande performance. Je me suis promis de travailler cette pièce sans relâche afin de remporter le prochain concours. Toute la ville s'attendait à ce que je gagne. Moi, je voulais l'emporter pour réconforter mon ange blessé. Je désirais lui offrir ma victoire en hommage et lui envoyer le message secret que l'homme qu'elle aimait n'était pas mort. Ce jeune homme jouait pour elle et était en train de devenir adulte à une vitesse effrénée... Le bruit de la chasse d'eau a rompu ce songe glorieux. Je m'en souviens très bien. Je me suis aperçu que ma cousine venait d'aller à la toilette. Noter une telle chose m'a profondément embarrassé, m'a semblé si vulgaire que j'en ai cessé de jouer. Pour échapper à ma gêne, j'ai collé ma joue sur les touches froides du clavier. Mais un nouveau bruit d'eau a retenti. Ma cousine ouvrait les robinets de la douche. J'ai compris qu'en ce moment même, elle était en train d'enlever ses vêtements. J'ai perçu le glissement du rideau de la douche, puis le son de l'eau faisant des ricochets sur son corps avant de frapper la toile de plastique. Mon embarras a immédiatement cédé la place à une curiosité incontrôlable. Je me suis levé doucement et j'ai traversé le séjour pour aller presser mon visage contre la porte en verre givré de la salle de bain. Je ne pouvais pas voir à l'intérieur. Mais je devinais, aux sons changeants de l'eau, les mouvements que faisait ma cousine en lavant les parties les plus secrètes de son corps. Devant ce ballet de tentations, je suis entré en transe. J'étais sur le point de m'effondrer lorsqu'un violent spasme a contracté mon bas-ventre. Une chaleur visqueuse a jailli de mon corps. J'étais mouillé de honte.

Je n'ai vu le mari de ma cousine qu'une seule fois. Lorsqu'il est venu la chercher à la maison. Avec son air d'homme éduqué, il correspondait à la description qu'en avaient faite mes proches : un homme qu'on ne pouvait imaginer frapper une femme au visage avec une spatule brûlante. En assistant impuissant à leur départ, j'ai ressenti une haine intense. Pas pour celui qui me ravissait mon ange, mais plutôt pour mon ange elle-même.

– Pourquoi le suit-elle ? ai-je demandé, en désespoir, à ma mère.

– Elle rentre chez elle, m'a-t-elle répondu sans trop y réfléchir, comme si c'était la chose la plus naturelle du monde.

– Ce n'est pas chez elle, ai-je rétorqué.

– Que veux-tu dire au juste ? Dis-moi, où est sa maison ?

J'ai baissé les yeux. Je ne pouvais pas lui dire que la vraie maison de ma cousine était située dans un avenir lointain, que sa demeure était ma demeure. J'en voulais terriblement à mon ange. Je ne pouvais pas lui pardonner de m'avoir abandonné, d'être partie avec quelqu'un qu'elle n'aimait pas. Jamais je ne lui pardonnerais d'avoir transformé mon premier amour en premier chagrin d'amour...

Treize ans se sont écoulés depuis ce soir-là. Mais c'est comme si c'était hier.

Si j'avais participé à la cérémonie de remise du prix, j'aurais pointé du doigt l'homme chauve qui se tenait à mes côtés en criant: « Voici celui qui m'a fait ça ! » Tout le monde savait qu'il était mon professeur et mon mentor, mais j'aurais révélé au grand jour qu'il était aussi le diable.

C'est le concours provincial de piano qui nous a réunis. Le diable était l'un des juges, et à douze ans à peine, j'étais le plus jeune lauréat. Après le concours, il avait susurré à mes parents, tout en leur serrant la main, qu'il serait ravi de m'avoir comme élève. Mes parents étaient en liesse. Cet homme jouissait d'une si grande réputation que tous les parents rêvaient qu'il enseigne à leur enfant. Son empressement à me prendre sous son aile reflétait non seulement mon talent actuel, mais annonçait également mes triomphes futurs. En effet, après une année sous sa tutelle, mes progrès étaient éblouissants. Ça a été une bonne année. À chacune de mes leçons, ma mère s'asseyait sur une chaise près du piano de façon à en donner un compte-rendu détaillé à mon père. Tous deux s'accordaient pour reconnaître la formidable chance que j'avais d'accéder à un tel savoir musical, à un pédagogue d'exception. Ma mère louangeait mes progrès et revenait même sur ses réserves face à mon désir de poursuivre une carrière de pianiste. Elle devenait chaque jour plus convaincue que je pourrais gagner ma vie en jouant de cet instrument.

Mais l'été suivant, la situation a changé du tout au tout. Ma mère m'a annoncé que je n'avais plus besoin d'elle à ses côtés pendant chaque leçon. Je devais apprendre plus tard que le diable lui-même avait suggéré ce nouveau fonctionnement. Elle a suivi la consigne du brillant professeur en disant que ce serait un nouvel apprentissage pour moi – un apprentissage bien particulier. Mon professeur a immédiatement modifié son attitude à mon égard. Il est devenu plus affectueux, voire même passionné. Il a commencé par mettre régulièrement son bras autour de mes épaules, par me caresser le dos pour m'encourager. Puis, après quelques mois, quand la leçon était terminée, plutôt que de poser sa main sur ma tête en guise d'au revoir, il a commencé à me serrer fort dans ses bras pendant un long moment. Ces privautés à mon égard ont pris de l'ampleur durant la visite de ma cousine. En effet, ma fascination pour « la pauvre fille » au visage marqué n'a pas échappé à son regard aiguisé. Pendant les deux semaines où ma cousine a vécu chez nous, j'ai eu droit à des crises de colère noire à chaque leçon de piano. Il me réprimandait vertement pour mon manque d'attention, m'accusait de laisser flotter mon regard loin des partitions, loin du sacré de la musique.

En y repensant, je m'aperçois que la semaine qui a suivi le départ de ma cousine, semaine durant laquelle je me traînais, le cœur brisé, l'intensité des assauts du diable a redoublé. Il s'est montré exagérément accommodant, ayant flairé qu'un changement majeur s'était produit dans ma vie. Il semblait heureux de mon chagrin d'amour. Il éprouvait comme un *schadenfreude*, une joie malicieuse issue de mon malheur. Lors d'une leçon cette semaine-là, il a posé pour la première fois ses doigts charnus sur ma cuisse pour pianoter un morceau. Le contact de ses doigts à travers la toile de mon pantalon m'a donné la nausée. Il affirmait que c'était une de ses méthodes pédagogiques particulièrement efficaces. Selon lui, ce type de démonstration facilitait la maîtrise de la technique en raison du lien nerveux reliant la cuisse au cerveau. Et ce n'est pas tout. À la fin de cette leçon, en plus de me serrer dans ses bras, le vieux libidineux m'a donné un baiser sur les lèvres.

Je ressentais une honte sans nom. Je me suis précipité chez moi pour révéler les comportements de mon professeur à ma mère. Mais dès l'instant où j'ai mis les pieds dans le vestibule, je me suis senti tellement sale que j'y ai renoncé. Je craignais que ma mère me critique, qu'elle se moque de moi, ou pire, qu'elle ne me croie pas. J'ai décidé de ne jamais raconter ce qui s'était passé. J'ai plutôt dit à ma mère que je souhaitais qu'elle constate mon progrès avec la seizième variation, et elle m'a innocemment répondu qu'elle resterait avec plaisir à mes côtés pendant ma prochaine leçon. Mais avant de quitter la maison pour attraper le bus, je lui ai annoncé que j'avais changé d'idée et que je préférais y aller seul. Encore aujourd'hui, je ne comprends pas cette décision. Peut-être ai-je eu peur qu'elle s'imagine que c'était ma faute. Ce choix soudain a été mon erreur fatidique. Mon professeur a pris la mesure de ma faiblesse. Je lui donnais la preuve que je n'avais ni le courage ni la capacité de lui résister.

Dès lors, il n'y a plus eu de barrières. Il en a profité pour tester à fond sa « technique d'enseignement particulière ». Un jour, ses doigts ne se sont pas contentés de pianoter sur ma cuisse, ils sont remontés vers mon aine. Affolé, ne sachant pas comment réagir, j'ai continué de jouer. Il a ouvert ma braguette et a plongé sa main dans mon pantalon. Mon corps a répondu rapidement et violemment à sa caresse, honte et peur mêlées. « Regarde ! Ton membre comprend la musique ! » a proféré le diable. « La musique l'a rendu puissant, d'une puissance sans égal ! » Je fixais obstinément les partitions, ne m'arrêtant pas de jouer. Mais je ne savais plus ce que je jouais. La musique me transportait à la maison, visage pressé contre le verre givré de la porte de la salle de bain. L'image du corps moite de ma cousine dans la douche dansait devant mes yeux à la place des notes. Je soupçonnais le diable d'avoir découvert mon fantasme secret. Mon corps se trouvait à nouveau au bord de l'abîme. Jambes serrées, j'ai essayé de me retenir. En vain. La même vague chaude qui m'avait laissé les joues rouges de honte devant la porte de la salle de bains a de nouveau jailli de mon corps. Un petit sourire satisfait est apparu sur le visage de mon professeur. Et avant que je comprenne ce qui se passait, il a baissé la tête et a embrassé mon entrejambe humide, décuplant mon humiliation. Je me suis levé d'un bond et j'ai quitté l'enfer.

– Je veux étudier avec mon ancien professeur ! ai-je dit à mes parents en rentrant à la maison.

– En quel honneur ? s'est exclamée ma mère.

– Parce que je préfère étudier avec une dame.

– Pourquoi ce caprice à ton âge ?

Mon père m'a réprimandé. Il affirmait que j'ignorais ce qui était le meilleur pour moi et que je devrais avoir honte de renier ce mentor qui s'était tellement investi dans ma carrière ! Ils ont catégoriquement rejeté ma supplique. La grande compétition approchait. Je n'avais jamais eu de défi plus important jusque-là. Ce n'était pas le moment de changer. Ma mère m'a exhorté à tenir bon, mon père, à rester avec cet illustre professeur afin de défendre mon honneur de prodige du piano.

Ce soir-là, la confusion et l'humiliation m'ont empêché de dormir. Des visions étranges fusaient dans ma tête. J'imaginais mon sexe devenir une chenille rampante qui s'allongeait et prenait du volume... qui se transformait en boa. Un boa qui s'enroulait autour de mon faible corps. Où que j'aille dans la ville, les gens me montraient du doigt et me faisaient des gestes obscènes. Sur l'une des grandes places de mon quartier, un diable marchait vers moi, l'air menaçant, une torche à la main. Le boa abandonnait brusquement son étreinte pour s'en prendre au diable. Après plusieurs minutes de bagarre, un jet blanchâtre jaillissait de la bouche du serpent, sublimant le diable... Cet étrange fantasme répété nuit après nuit m'épuisait corps et âme.

J'ai même songé à me tuer.

J'étais convaincu que seule la mort pouvait éliminer l'insoutenable honte que je ressentais. C'est ma cousine qui m'a ramené du côté des vivants. Au plus fort de mon désespoir, l'idée d'aller la rejoindre pour lui dire ce que je ne pouvais avouer à nul autre s'est imposée. Un matin avant l'aube, j'ai récupéré sous mon lit l'enveloppe pleine d'argent reçu au Nouvel An chinois et je suis parti sans bruit. Un chauffeur de taxi sommeillait devant notre complexe d'habitation. Il avait le blanc des yeux strié de rouge. Je lui ai demandé de m'emmener à la gare. Sitôt assis dans le train pour Shilong, j'ai sombré dans un profond sommeil. La tête contre la fenêtre. Épuisé par toutes ces nuits de torture. Nous arrivions à Guangzhou lorsque la préposée du train m'a réveillé. Elle a flairé que j'étais en fugue et m'a traîné au poste de police ferroviaire de la gare. Ma mère a reçu l'appel et s'est précipitée pour me ramener à la maison.

Sur le chemin du retour, à bord de l'autocar, elle m'a bombardé de questions. Je suis resté muet, fixant le paysage qui défilait. Ma main droite jouait mécaniquement et en continu les premières mesures des *Variations Goldberg* sur la vitre. C'est là que m'est venue la force de continuer à travailler la pièce. Je remporterais ce prix et je monterais sur la scène avec le diable lors de la cérémonie qu'organiserait notre ville. C'était ma seule chance de me libérer. Je pointerais du doigt sa tête chauve et dirais à la ville entière : « Voici celui qui m'a fait ça ! » Cette pensée m'a galvanisé. J'ai dit à ma mère que je ne voulais plus changer de professeur, mais qu'elle devait dorénavant assister à mes leçons. « Nous voyons tellement de matière maintenant que je n'arrive pas à m'en souvenir tout seul. »

Treize ans se sont écoulés depuis ce soir-là. Mais c'est comme si c'était hier.

Comme on le sait, j'ai remporté ce concours. J'ai créé l'occasion de révéler ce que j'avais subi aux mains de cet homme. Mais le moment venu, la honte l'a emporté à nouveau et je n'en ai pas eu la force. Mes parents n'avaient toujours rien deviné, et ne se montraient guère plus attentifs à mes besoins. La seule solution que j'ai trouvée était de m'éclipser, de me cacher dans la salle électrique de notre immeuble. C'est là, en ruminant mon malheur, que j'ai décidé de ne plus jamais toucher à un piano. Je devais oublier mon rêve d'une carrière de pianiste. Ma décision n'a pas semblé surprendre mes parents. Ils n'ont pas blêmi, ne sont pas devenus rouges d'incompréhension ou de colère. Ma fugue était encore fraîche dans leur mémoire et ils avaient peur que je récidive. Après la cérémonie, lorsqu'ils m'ont retrouvé assis sur mon lit, ils se sont retirés dans leur chambre et ont eu une discussion houleuse. Seule ma mère est venue me retrouver après. Posant tendrement sa main sur mon épaule, elle m'a rappelé que je ne devais pas gaspiller mon temps, que je devais consacrer chaque instant à mes travaux scolaires. Les contrôles de la mi-session arrivaient à grands pas. Elle n'a pas remis en question mon abandon du piano. J'ai saisi l'essence de l'argument de mes parents. Ils s'étaient mis d'accord pour céder à ma demande. C'était la première fois qu'ils cédaient devant moi.

Treize ans sont passés et c'est la mort du diable qui rouvre toutes ces plaies. Je n'ai plus jamais joué de piano. J'ai également abandonné la lecture, les échecs et tous mes autres passe-temps. Je suis devenu un enfant qui ne s'intéresse à rien. Mes notes en ont souffert. À vrai dire, elles ont périclité. À la fin, je n'ai réussi à être admis qu'en secrétariat dans une université de bas niveau située à Shantou. Dès le premier trimestre de ma troisième année, mes études m'ont tellement dégoûté que je les ai presque abandonnées. Mais comme mes parents éprouvaient des difficultés de couple, je n'osais pas leur causer plus de soucis. J'étais conscient que le jour où ils avaient baissé les bras et m'avaient autorisé à abandonner le piano, une brèche s'était ouverte entre eux, une brèche qui irait en s'élargissant jusqu'à leur rupture ultime. J'ai réussi tant bien que mal à terminer mes études, et après l'obtention de mon diplôme, mon père m'a déniché un emploi dans une petite agence du gouvernement municipal. J'y ai œuvré pendant quatre ans avant d'être engagé dans une société immobilière réputée, où l'un des camarades d'université de ma mère travaillait comme directeur. J'y travaille depuis.

Treize ans. Treize ans ordinaires et sans incident majeur sauf le divorce de mes parents. Bien sûr, parfois, les gens me reconnaissent. Et parfois, j'ai conscience qu'on parle de moi sur mon passage ou derrière mon dos. « Quel dommage », dit-on le plus souvent. Que les gens me jugent ou qu'ils soupirent en me voyant ne me dérange pas. Ils ne savent pas l'obscurité infernale que j'ai endurée. Ils ne savent pas la détresse et même le désespoir que j'ai vécus sous l'emprise de l'ange et du diable. Ils ne savent pas non plus que je ne trouve pas ça « dommage ».

Je me fiche d'avoir été un prodige connu de toute la ville. Je me fiche de n'être personne à présent.

Au cours des dernières années, mon entourage a souvent essayé de me présenter une compagne, de me fixer à mon insu un rendez-vous avec une jeune célibataire. Bref, on me cherche une épouse. Mais le sexe opposé ne m'attire plus. Je ressens un profond dégoût pour les femmes. Je les trouve malpropres et ennuyeuses. J'ai l'impression qu'elles veulent me souiller et me voler ma vie quotidienne. Cette forte réaction psychologique et physiologique est sans doute due à mon « apprentissage », mais je ne suis pas un expert en la matière. Mon passage chez mon professeur et celui de ma cousine chez nous se sont croisés. Mon dégoût pour les femmes est-il l'œuvre de l'ange ou du diable ? Je ne sais pas. Ce qui est sûr, c'est que je demeure traumatisé. Je vis avec une cicatrice, non pas sur la joue, mais au plus profond de mon être.

Maintenant, le diable est mort. Sa mort figure comme l'un des événements majeurs dans ma vie. Il est décédé d'une surdose d'antidépresseurs, couché sur le canapé où je me suis si souvent assis, où j'ai subi ces horribles moments. On m'a rapporté qu'après avoir arrêté mes leçons de piano, un changement s'est produit dans la vie du diable. Il a cessé d'enseigner, a cessé d'être juge de concours musicaux. Il est devenu un reclus qui ne répondait même plus au téléphone.

Ma mère lui rendait visite deux fois l'an, et elle me rapportait que sa maison s'était transformée en soue. Beaucoup de gens ont tenté de l'aider et lui ont cherché une femme qui s'occuperait de lui, mais il a refusé toutes les offres. Au cours des dernières années, il fumait beaucoup et buvait trop. Il souffrait manifestement d'une grave dépression.

Ma mère m'a annoncé la mort de mon professeur. Elle ne s'attendait pas à ce que je veuille assister à ses funérailles. Elle m'a regardé avec surprise. Au cours des treize dernières années, je n'avais jamais exprimé d'intérêt pour lui. « Ne sais-tu pas quel impact ta décision d'arrêter d'étudier le piano a eu sur lui ? » m'a-t-elle demandé. « Depuis tout ce temps, la culpabilité me hante. Ne sais-tu pas qu'il avait placé tous ses espoirs en toi ? »

Je pourrais aisément transformer la culpabilité de ma mère en haine envers cet homme. Mais je n'en ai pas envie. Je n'ai pas envie qu'elle apprenne ce que le diable m'a fait, me marquant au fer rouge, me souillant à jamais. Pendant mon adolescence, je pouvais laver la saleté de ses gestes en rentrant à la maison, mais les cicatrices émotionnelles que je porte ne disparaîtront jamais. J'ai vécu avec ces cicatrices. Treize années sans histoire. Treize années de simplicité tranquille. Et après tout ce temps, je peux dire que je ne ressens plus de haine envers lui, même pas un peu. Je lui suis même en quelque sorte reconnaissant. C'est pourquoi j'ai voulu assister à son enterrement. Comment est-ce possible que je lui sois reconnaissant ? Si ce n'avait pas été de ses doigts en boudin faisant de la musique dans mon pantalon – de son « approche pédagogique unique » – je serais toujours un prodige. Je me considérerais encore comme un prodige. Et je serais en train de vivre le rêve d'un phénomène. Mais ce rêve était celui de mes parents. C'était le rêve de grandeur et d'excellence de notre société maniaque. En vérité, je remercie mon mentor. Sa conduite a transformé un prodige connu de tous en homme médiocre. C'est ce que je suis maintenant. Une médiocrité.

# La fille de la campagne

C'est dans le train Toronto-Montréal, par un après-midi de soleil ravissant, qu'elle a découvert la plus jeune ville de Chine.

Elle avait couru pour attraper le train et a dû s'arrêter un instant sur la plateforme pour reprendre son souffle. Puis, elle est montée dans la première voiture. Elle a tout de suite repéré un siège vide, mais elle a néanmoins avancé jusqu'au bout de l'allée pour voir si elle pouvait trouver mieux. Rien. Elle est rapidement revenue sur ses pas pour déposer son fourre-tout sur le siège libre avant qu'un autre passager ne s'en empare. Le destin lui avait réservé cette place, s'est-elle dit. Elle s'est assise et a ajusté d'un geste inconscient sa blouse un peu moite. Puis elle a sorti de son fourre-tout un sac de croustilles, une bouteille d'eau minérale et un exemplaire écorné de *The New York Trilogy* de Paul Auster. Elle a mangé les croustilles. Elle a tourné les pages. En même temps, elle lorgnait du coin de l'œil l'occupant du siège mitoyen, un Asiatique qui semblait rêvasser, la tête appuyée contre la vitre dans la magnifique lumière. Elle prenait ce train tous les mois depuis cinq ans et c'était la première fois qu'il ne restait qu'une seule place. La première fois qu'elle se retrouvait à côté d'un Asiatique.

Elle habitait un village près de Trois-Rivières, à quatre-vingt-dix minutes en voiture de la gare de Dorval. Ce trajet, elle le faisait pour rendre visite à sa mère qui souffrait de démence. Elle montait et descendait toujours à cette gare de banlieue afin d'éviter le chahut et le trafic du centre-ville de Montréal. Elle se qualifiait de fille de la campagne, de poisson hors de l'eau dans la grande ville.

Elle était née dans un petit village de l'est de l'Ontario, près de la frontière avec le Québec, et avait grandi sur une ferme. Elle avait l'habitude des vastes espaces, du rythme de vie rural. Pour elle, l'air de la campagne chargé d'odeur de fumier était un élément fondamental de l'existence.

Elle avait fréquenté une université en région et était diplômée en lettres avec une double spécialisation en études françaises et en traduction. Elle trouvait que la parole était la plus naturelle des choses, mis à part la nature elle-même. Les langues la passionnaient depuis son enfance, et cette passion avait intensifié sa relation avec la nature. « Chaque langue ouvre sur des perspectives infinies », avait-elle déjà écrit dans son journal personnel.

Sitôt l'université terminée, elle avait épousé un compagnon de la petite école. Celui qui l'avait taquinée inlassablement. Ils avaient grandi ensemble sur la ferme.

Leurs familles avaient même cohabité pendant quelque temps.

Juste avant la naissance de leur premier enfant, son mari, devenu architecte, avait obtenu un emploi à Trois-Rivières. Quitter l'Ontario avait été un projet emballant pour l'amoureuse des langues qui rêvait de vivre le français dans son quotidien. Elle irait à la rencontre de ces perspectives infinies. Elle avait insisté pour qu'ils s'installent dans un village, à trente kilomètres de la ville. Des champs à perte de vue couraient devant leur maison de ferme, et une forêt qui se voulait interminable s'étendait derrière. Elle souhaitait que leurs enfants grandissent dans le même environnement idyllique qu'ils avaient eux-mêmes connu dans leur jeunesse. À ses yeux, une enfance à la campagne signifiait une enfance heureuse.

Pendant douze années entières, elle avait été une femme au foyer dans sa maison de ferme à l'ameublement spartiate. Un cours d'aérobie à Trois-Rivières, le samedi, constituait son unique loisir. Au fil des ans, son mari avait souvent émis l'idée de déménager à Trois-Rivières, ou du moins en banlieue, arguant qu'avec ses services et ses écoles de qualité, un cadre urbain conviendrait mieux aux enfants. Convaincue du contraire, elle s'y opposait farouchement chaque fois qu'il revenait à la charge.

Huit ans auparavant, à la veille de Noël, il lui avait annoncé qu'il venait de démissionner de son emploi, qu'il en avait ras le bol et qu'il regrettait amèrement ce déracinement au Québec. Peu importait la ville, il retournait en Ontario, son seul lieu d'appartenance. Leur fille n'avait pas encore dix ans.

Grâce à une occasion fortuite, elle avait traversé l'orage de cet abandon économique et psychologique en à peine six mois. Une de ses connaissances du cours d'aérobie lui avait dit en passant que l'on cherchait un traducteur à la centrale nucléaire qui se trouvait à moins de quinze minutes de chez elle. Et comble de la chance, c'était pour traduire du français à l'anglais, précisément son domaine. Elle avait posé sa candidature et obtenu le poste. Le jour où elle avait signé son contrat d'embauche, elle avait inscrit dans son journal : « L'explosion d'un mariage transforme une ménagère en femme de carrière. »

Bientôt, elle avait deux admirateurs sérieux. Pas surprenant, avec sa taille de mannequin et ses traits réguliers. Une heureuse hybridation – sa mère était issue des Alpes autrichiennes et son père, des Highlands d'Écosse – avait engendré des jambes interminables et des pommettes saillantes. Sa fraîcheur et son manque de prétention faussaient son âge. Personne ne pouvait se douter qu'elle avait deux grands enfants, et qu'elle avait passé douze ans à s'occuper de sa famille à la maison.

Tant par leur physique que par leur personnalité, ses deux soupirants se trouvaient aux antipodes l'un de l'autre. Même s'il était le moins grand des deux, elle avait choisi le gestionnaire financier, parce qu'il aimait lire. Toutefois elle avait rapidement compris que ce seul facteur ne suffisait guère à l'amour. Leurs goûts littéraires ne se recoupaient pas. Lui ne jurait que par Stephen King, alors que pour elle, seul Paul Auster valait la peine d'être lu. Ils avaient entretenu une relation intermittente pendant trois ans. Le jour de leur rupture, il lui avait offert un exemplaire de *The New York Trilogy* qu'elle traînait désormais partout avec elle. Leur idylle avait été dénuée de passion et ils s'étaient quittés sans souffrir.

Elle ne se trouvait donc pas dans un état fragile et n'essayait pas de combler un vide affectif lorsque deux jours plus tard, elle avait accepté l'invitation de l'autre prétendant, un ingénieur au corps athlétique. Ils avaient passé l'après-midi à faire du ski de fond dans les bois derrière le village. Quand il l'avait ramenée à la maison de ferme et lui avait demandé s'il pouvait l'embrasser, elle n'avait répondu ni oui ni non. Baignés dans le rougeoiement du crépuscule, ils avaient échangé un baiser qui l'avait propulsée dans une autre liaison insatisfaisante.

Avant de partir pour Toronto, elle lui avait proposé de mettre un terme à leur relation.

Cette fois, la rupture l'affectait sournoisement. Elle était lasse de ce type de relation – lasse des relations amoureuses en général. Elle se disait que sortir de ce marasme lui demanderait du temps. La démence de sa mère, maintenant en phase terminale, accentuait son abattement. Elle avait attrapé le train au tout dernier instant afin de tenir le plus longtemps possible la main de celle qui ne la reconnaissait plus. Et voilà que pour la première fois, elle se trouvait assise à côté d'un homme asiatique. L'Orient était si près d'elle qu'elle pouvait tendre le bras et le toucher.

Elle n'avait pas anticipé la réaction de l'homme à son égard. La tête toujours appuyée contre la vitre, il a ouvert les yeux dans un battement de paupières comme s'il revenait d'un lieu lointain, manifestement décontenancé de découvrir que quelqu'un s'était assis à côté de lui. Mais son visage s'est éclairé lorsqu'il a reconnu le livre qu'elle tenait entre les mains.

– Vous lisez Paul Auster, a-t-il dit d'un ton ravi malgré sa voix ténue.

Elle lui a souri. Depuis des lustres, elle s'imaginait cette scène où un inconnu dans un lieu public remarquerait le roman qu'elle était en train de lire. Mais jamais dans son fantasme littéraire, l'inconnu n'était asiatique.

– Vous connaissez le travail de Paul Auster ? s'est-elle exclamée en s'efforçant d'empêcher sa voix de trembler.

L'homme a hésité, puis a répondu :

– Non seulement je connais son travail, mais je l'aime énormément.

Il s'est penché, a extirpé un livre d'un sac à dos sous son siège et le lui a tendu.

– Regardez, voici ce que vous êtes en train de lire.

Cela lui semblait incroyable, puisqu'elle ne reconnaissait aucun des mots sur la page couverture. Elle l'a ouvert et y a découvert d'autres caractères incompréhensibles. Elle l'a feuilleté, s'est arrêtée à la page qu'elle-même lisait et a placé les deux livres côte à côte.

– Êtes-vous certain qu'ils sont pareils ? a-t-elle demandé avec de l'émerveillement dans la voix et dans les yeux.

– Je me pose souvent cette question, a avoué l'homme. Une traduction est-elle identique à l'œuvre originale ? Une traduction peut-elle y être fidèle ?

Sa question semblait la mettre au défi, elle qui avait choisi la traduction comme domaine d'études, comme profession. Une traduction pouvait-elle être fidèle à l'original ? Pour elle, c'était un éternel dilemme. Elle n'avait pas envie de répondre à la question de l'homme, même si la traduction commerciale qu'elle effectuait à la centrale nucléaire était d'une grande précision, et même si elle était d'accord avec Robert Frost lorsqu'il disait que dans un poème traduit, « la poésie » était perdue. Elle était moins certaine lorsqu'il s'agissait de littérature.

– Penser que Paul Auster ne comprendrait pas un roman qu'il a lui-même écrit... a-t-il ajouté en montrant son exemplaire chinois.

Elle a souri avant de le lui rendre.

– Est-il bien traduit ?

– Je me le demande. Quelqu'un n'ayant jamais lu l'original d'un ouvrage peut-il juger de la qualité de sa traduction ? C'est par une traduction que j'en suis venu à aimer ce roman d'Auster, mais est-ce dû à ses mérites ou à l'excellence de sa traduction ?

– Auster lui-même ne pourrait pas se prononcer, bien qu'il ait été traducteur du français à l'anglais.

L'homme asiatique a acquiescé, ajoutant qu'Auster avait même traduit un livre sur l'histoire moderne de la Chine.

Elle l'ignorait et se trouvait à la fois surprise et décontenancée de découvrir que l'homme assis à côté d'elle était un passionné d'Auster, alors qu'il ne l'avait jamais lu dans la langue originale.

– Êtes-vous chinois ? a-t-elle demandé, incapable de contenir sa curiosité.

Il a fait oui de la tête.

Elle a voulu savoir de quelle région.

– Êtes-vous déjà allée en Chine ?

Elle a répondu qu'elle n'était jamais allée en Chine ou ailleurs, qu'elle vivait près de Trois-Rivières et qu'elle n'était qu'une fille de la campagne qui n'avait jamais vu le monde.

– Une fille de la campagne férue de Paul Auster !

Elle a rougi à ce compliment à peine voilé.

– De quels endroits en Chine avez-vous déjà entendu parler ? a-t-il ajouté.

– Tout ce que je connais, c'est Beijing et Shanghai, a-t-elle admis, avant d'ajouter timidement : est-ce que Hong Kong compte aussi ?

L'homme a sorti d'une poche de sa veste une serviette de papier et un stylo-bille. Il y a tracé une carte de la Chine et y a inscrit Beijing, Shanghai et Hong Kong. Puis, de la pointe du stylo, il a indiqué un espace près de Hong Kong.

– Voilà d'où je viens. D'une ville très spéciale. De la plus jeune ville de Chine. Simple village de pêcheurs il y a vingt ans, elle compte maintenant plus de 10 millions d'habitants.

– Je ne savais même pas qu'une ville si jeune existait dans le monde, s'est-elle exclamée.

Il lui a jeté un regard furtif, visiblement satisfait de l'attention qu'elle portait à son choix de mots.

– Presque tous les citoyens de cette ville sont des immigrants. Tout comme ici, au Canada.

Elle aimait la façon dont il avait dit « Tout comme ici, au Canada », lui offrant une perspective pour visualiser cette plus jeune des cités.

– Et vous, vous êtes né où ? a-t-elle demandé en montrant la serviette.

Il a tapoté le nord-est de la Chine avec le stylo.

– Là. Voilà où je suis né et où j'ai grandi. Dans une vieille ville industrielle étouffée par une chape de smog.

Il a marqué une pause avant de poursuivre.

– C'est en la quittant que j'ai découvert le goût de l'air pur.

Elle a rougi à nouveau. Il paraissait sensible à son statut de fille de la campagne, même s'il semblait ne pas y croire tout à fait.

Ils ont parlé presque sans s'arrêter tout le long du trajet de presque cinq heures. Elle a parlé de ses grands-parents maternels et paternels, de leur immigration au Canada après la Seconde Guerre mondiale et des raisons qui l'avaient motivée. Elle a parlé aussi de ses parents. Son père carburait aux émotions fortes alors que sa mère faisait preuve de modération. Deux êtres incompatibles qui s'étaient aimés toute leur vie. Elle a tracé avec des mots choisis le portrait de son fils enjoué et extraverti, puis celui de sa fille tranquille et introvertie. Elle lui a avoué ne pas comprendre comment elle avait pu mettre au monde deux enfants à ce point opposés. Elle lui a également confié que, même après toutes ces années, elle ignorait la véritable raison du départ soudain de son ex-mari. Retourner en Ontario pour habiter en ville ne lui semblait qu'un prétexte. Elle le soupçonnait d'avoir des penchants homosexuels. Elle a passé sous silence l'épisode des deux admirateurs, car elle voulait donner l'image d'une mère entièrement dévouée à ses enfants après l'effondrement de son mariage.

De son côté, l'homme qui aimait Paul Auster était avare de paroles sur sa vie de *maintenant,* laissant flotter l'impression qu'il souffrait d'une profonde angoisse. Il se qualifiait d'« artiste raté », sur un ton qui faisait écho au sien lorsqu'elle s'était décrite comme « une fille de la campagne ». Il lui a raconté que l'artiste le plus acclamé de sa ville natale l'avait initié à la peinture à l'âge de six ans. Deux séjours en prison avaient interrompu la carrière de cet homme qui avait été son mentor et une figure paternelle. On l'avait condamné une première fois pour subversion parce qu'il avait esquissé *La Baigneuse* d'Ingres, et une seconde fois lorsqu'un critique avait déclaré que la toile qui l'avait rendu célèbre signifiait en vérité « le vent de l'ouest domine le vent de l'est », ce qui le positionnait à contre-courant des idéaux du Grand Timonier. On l'avait étiqueté « contre-révolutionnaire ». Une victime parmi tant d'autres de la Révolution culturelle. Le premier mariage de son mentor s'était achevé à sa sortie de prison. Sous prétexte qu'elle ne pouvait pas vivre avec un subversif, son épouse avait déguerpi avec leurs deux enfants. Dans la ville, aucune femme n'avait voulu par la suite partager sa vie avec un homme considéré comme subversif. Il s'était donc résolu à épouser une fille de la campagne, qu'un cousin lointain lui avait présentée.

– Une fille de la campagne chinoise est une vraie fille de la campagne. Une personne peu [illegible] ivée et sans *hukou* [illegible] officiel qui donne à [illegible] de vivre dans une [illegible] de la campagne a [illegible] ntor pendant qu'il [illegible] ine de prison. Elle [illegible] iller seule en ville. [illegible] ge, haut dans les [illegible].

Il a parlé longuement de son mentor, alors qu'elle voulait en savoir plus sur lui. Mais il ne livrait sur lui-même que des choses générales. Il avait quitté sa ville étouffée par le smog pour étudier la peinture à l'huile dans un collège de Beijing. Après l'obtention de son diplôme, il était retourné pendant un temps chez ses parents, avant d'immigrer dans la plus jeune ville de Chine, où il avait travaillé pendant quelques années dans un musée. Il y a cinq ans, il avait immigré à nouveau, cette fois à Montréal.

– Au début, je ne comprenais pas trop ce que Montréal signifiait pour moi. Maintenant, je sais que c'est chez moi.

Elle a senti tout le poids de cette quête d'appartenance dans sa voix ténue. Elle a noté la manière dont il détournait les yeux pour échapper à l'éclat aveuglant du soleil.

Elle lui a demandé pourquoi il avait quitté la Chine. Il a répondu qu'il se sentait déraciné, pas seulement dans la ville la plus jeune de Chine, mais aussi à Beijing et dans la ville où il était né. Ce sentiment s'était intensifié après le décès de son mentor. Elle a trouvé cette explication intrigante.

– C'est difficile pour moi de comprendre qu'on puisse se sentir déraciné en son sol natal. Vous ne vous êtes pas senti plus déraciné lorsque vous êtes arrivé ici ?

Il a réfléchi à sa question.

– Non, pas plus. Juste autant. Je me sens autant déraciné à Montréal. Là-bas ou ici, je suis un étranger dans une contrée étrangère.

– Vos deux pays sont comme ces deux livres. Ils sont pareils, mais pas les mêmes.

Elle était plutôt fière de son analogie, et elle a remarqué l'admiration sur le visage de l'homme. Manifestement, il jugeait cette réflexion peu typique d'une campagnarde.

– Bien sûr, la tranquillité ici y est pour quelque chose, a-t-il enchaîné. J'aime la tranquillité de Montréal. Sans parler de la pureté de l'air. Finalement, c'est au Canada que j'ai respiré pour la première fois de l'air pur.

Elle l'a regardé, un peu secouée.

– Vous pourriez nous rendre visite à la campagne. Chez nous, vous goûteriez à la tranquillité totale et à l'air vraiment pur.

Il a paru secoué à son tour. Il a saisi doucement sa main et l'a pressée.

Lorsque le train s'est approché de Dorval, tous deux ont senti que c'était trop tôt, qu'ils avaient encore beaucoup de choses à se dire. Elle lui a avoué que de tous ses allers-retours, c'était celui-ci qui avait passé le plus vite. Il lui a confié qu'en cinq ans au

Canada, il n'avait pas eu une conversation aussi intime avec qui que ce soit. « C'est grâce à Paul Auster ! » se sont-ils exclamés à l'unisson. Ils ont levé chacun leur exemplaire et les ont cognés comme pour porter un toast. Puis, l'homme a déchiré la serviette de papier en deux et a laissé son adresse courriel sur la moitié embellie des contours de la Chine. Elle a écrit la sienne sur l'autre partie. Lorsque le train s'est immobilisé, il s'est levé, l'a prise dans ses bras et lui a murmuré : « Vos cheveux sont si beaux. »

Au volant de sa voiture sur le chemin du retour, elle a rejoué en boucle dans sa tête cet adieu inattendu, si bien qu'en arrivant dans son patelin à la campagne, elle était convaincue que cette rencontre faisait partie de son destin, qu'une main mystérieuse avait inscrit son nom sur ce siège dans cette voiture.

Pendant la semaine suivante, elle a rêvé deux fois à ce voyage d'une félicité inespérée. Dans les deux rêves, elle entendait la voix ténue de l'homme chinois sans distinguer son visage, ce qui lui paraissait étrange. Ce voyage avait sans aucun doute été le plus romantique de sa vie. Dans le train, elle adressait rarement la parole aux autres, et n'avait jamais eu de discussion en profondeur. De plus, elle n'avait jamais parlé à un Chinois, et encore moins de Paul Auster ! Dans son journal, elle a qualifié ce voyage de « probabilité improbable ». Autre coïncidence : elle venait tout juste de mettre un terme à la plus longue relation amoureuse depuis son divorce. Si elle avait été en couple, un étranger n'aurait pas éveillé ainsi sa curiosité et elle ne lui aurait jamais ouvert la porte de son cœur. Ses deux rêves lui ont donné l'impression que ce voyage n'était pas terminé.

En auto entre la maison de ferme et la centrale nucléaire, comme au travail, elle entendait soudainement sa voix. Elle aurait aimé poursuivre cette conversation et avait espéré un courriel de lui sitôt rentrée à la maison le jour de leur rencontre. La tradition voulait que l'homme envoie la première missive. Mais après une semaine de silence, elle n'en pouvait plus d'attendre. Leur rencontre n'avait rien de traditionnel, c'était le moins qu'on puisse dire, alors elle s'est accordé la permission de lui écrire. Son message était d'une jolie simplicité. Elle le remerciait pour ce voyage «heureux» et pour leur « amitié naissante ». Alors qu'elle appuyait sur le bouton d'envoi, un courriel est apparu dans sa boîte de réception. Il lui disait en gros la même chose. Ce synchronisme l'a ravie et elle a répondu immédiatement que cette amitié naissante fleurirait et deviendrait fruit.

Un rythme de correspondance – deux échanges par semaine – s'est rapidement installé. Elle possédait un avantage linguistique et composait des messages plus longs que lui. Paul Auster demeurait au cœur de leur amitié. Elle n'oubliait jamais de citer sa dernière trouvaille miraculeuse glanée dans un roman de son auteur fétiche. Dans son quatrième courriel, elle a dit à la blague qu'ils avaient démarré « un club de lecture pour deux ». Il lui est revenu avec « un club consacré à la lecture exclusive d'un seul écrivain ». Elle aimait son humour subtil. Sa plus grande réalisation au sein de leur club a été de le convaincre d'attaquer Auster en anglais. Elle a compris qu'elle avait réussi le jour où il a transcrit une phrase de *The Red Notebook* à la fin de son message. Il déclarait que c'était le premier livre étranger dans sa langue originale qu'il avait réussi à lire au grand complet. Le prochain défi serait *L'invention de la solitude* dans le texte. Dans le train, se souvenait-il, elle lui avait appris que c'était son essai préféré sur la solitude. Il lui avait confié que ses deux projets d'immigration – national et international – lui avaient permis de vivre une expérience intime de la solitude. À ses yeux, cette dernière possédait deux visages, tel un amant à la fois ange et démon.

Dans son neuvième courriel, elle a suggéré qu'ils se revoient. La réponse de l'homme a été rapide, positive et chaleureuse. Il a proposé qu'ils se retrouvent à la gare de Dorval la prochaine fois qu'elle rendrait visite à sa mère. Le romantisme de ce scénario la touchait, mais elle craignait que l'horaire du train les bouscule dans le temps. Elle lui a répondu qu'elle préférait affronter le trafic de la ville afin de profiter pleinement de sa compagnie. Ils pourraient se prélasser dans un café sympa ou faire une promenade sur le mont Royal. Cet effort de sa part l'a enchanté. Ils ont pris beaucoup de plaisir à échafauder leur projet de rencontre.

Le matin du jour de leurs retrouvailles, le son d'un moteur l'a réveillée en sursaut. Elle s'est rendue à la fenêtre et a soulevé le coin du rideau. Aucun véhicule n'était arrêté devant la maison. C'était un autre rêve : un rêve sans début ni milieu, avec une fin seulement. « C'est plutôt un démon... certainement pas un ange », s'est-elle dit. Un sentiment de solitude inexplicable s'est abattu sur elle. Elle s'est assise devant son ordinateur et a rédigé un court message où elle lui expliquait que le meilleur endroit pour leur rencontre était finalement chez elle, dans la tranquillité de sa maison de ferme. « Vous pourriez y passer un weekend, lui écrivait-elle, et venir explorer mon petit monde. »

Aucune réponse. Elle a attendu et attendu, rongeant son frein et relisant encore et encore le dernier message qu'elle lui avait envoyé. Pourquoi avait-elle écrit au saut du lit avant d'être complètement réveillée ? Et que laissaient sous-entendre, « mon petit monde » et « explorer » ? Elle regrettait son choix de mots, son phrasé ambigu. Elle lui a envoyé deux courriels pour lui demander pardon de façon détournée. Dans le premier, elle affirmait qu'une rencontre sur le quai de la gare était finalement une excellente idée, puisqu'ils avaient besoin de temps pour apprendre à se connaître. Dans le second, elle a décidé de ne pas parler de cette prochaine rencontre, disant seulement qu'elle n'avait pas reçu de ses nouvelles depuis un moment et qu'elle se demandait s'il avait commencé à lire *L'invention de la solitude*.

Trois semaines ont passé avant que la réponse n'apparaisse un matin dans sa boîte de réception. Ce message ne comprenait qu'une phrase sans lien avec ceux qu'elle lui avait envoyés. Il lui demandait simplement son adresse postale. Cette requête inattendue l'a désarçonnée et lui a fait vivement plaisir. Elle pensait qu'il lui ferait la surprise d'arriver chez elle le samedi matin... Cette fois, elle n'a pas répondu à la hâte. Elle avait besoin de temps pour préparer son petit monde afin que leur amitié naissante puisse véritablement fleurir.

Lorsqu'elle lui a finalement donné signe de vie, elle n'a écrit que son adresse.

Pendant les deux week-ends suivants, elle n'a pas osé quitter la maison, même si une énergie nerveuse s'était saisie d'elle, qu'elle peinait à demeurer en place. Elle scrutait à tout bout de champ l'immensité par la fenêtre, jusqu'à se sentir lasse de ces perspectives infinies. Le second dimanche tirait à sa fin lorsqu'elle a conclu qu'elle s'était trompée au sujet de cette étonnante demande d'adresse. Leur amitié naissante ne fleurirait pas. Il n'apparaîtrait jamais sur le pas de sa porte. Il n'en avait jamais eu l'intention. Ce soir-là, avant de se mettre au lit, elle a archivé leur correspondance et a éliminé son nom de sa boîte de réception.

Cinq mois se sont écoulés avant qu'elle ne reçoive de ses nouvelles, cinq mois pendant lesquels une foule de choses s'étaient passées. Sa mère était décédée. Elle avait perdu son emploi dans la foulée de mises à pied économiques à la centrale nucléaire. Son fils, qui étudiait en relations internationales à McGill, avait pris une année sabbatique pour travailler au Botswana. Et sa fille introvertie étudiait maintenant à Vancouver. Sa maison de ferme se trouvait soudainement vide. Vide aussi sa vie quotidienne. De plus, depuis qu'elle avait relégué leur correspondance aux oubliettes, sa passion pour Paul Auster s'était fanée. Des nouvelles de l'homme du train ne sont arrivées qu'après tous ces bouleversements. Et ce serait pour la dernière fois.

Avis de livraison dans sa boîte postale. Un colis l'attendait au bureau de poste de Trois-Rivières. Elle s'est imaginé que son fils lui envoyait un cadeau d'anniversaire du Botswana, ou qu'on lui expédiait des effets de la succession de sa mère. Mais dès que l'employée de la poste est revenue au comptoir avec le paquet, elle a compris qu'il venait de lui. D'après sa forme, ce ne pouvait être qu'un tableau. L'expéditeur n'avait pas inscrit son nom ni son adresse, autre indice probant que le paquet venait de l'homme chinois. Elle a placé le tableau enveloppé de papier kraft sur le siège du passager, de sorte qu'elle avait l'impression qu'il était à nouveau assis à ses côtés. Elle n'arrivait plus à se remémorer ses traits. Tout ce dont elle se souvenait, c'était sa voix ténue et leur conversation. Elle ne pouvait imaginer le sujet du tableau. C'était le genre de petit détail inexplicable d'une vie quotidienne qui devait fournir à Paul Auster la matière brute de ses histoires. Et si c'était réellement un élément d'une histoire de Paul Auster, qu'est-ce qui se passerait lorsqu'elle dévoilerait l'œuvre ? Quel style de peinture un écrivain aussi sophistiqué aurait-il créé pour sa protagoniste ?

C'était un nu. Un modèle allongé sur une causeuse, dont le regard était dirigé vers le contemplateur. Malgré sa connaissance limitée de l'histoire de l'art, elle a pensé au *Nu couché* de Modigliani. Une femme dans une telle pose lascive n'avait rien de nouveau. Ce qui était nouveau, c'était l'identité du modèle.

Elle était le modèle.

Elle a allongé le bras, a touché *son* visage et a ressenti toute la chaleur du souvenir de l'homme. Un artiste « raté » qui après cinq mois, s'était remémoré parfaitement ses traits et les subtiles variations des tons de la peau de son front, de ses joues, de son cou. La mémoire de l'homme l'a éblouie et remuée. Mais ce qui l'a bouleversée encore davantage, c'était qu'il avait peint avec une précision inouïe son corps, qu'elle n'avait évidemment pas révélé cet après-midi-là, dans le train. Comment avait-il deviné la lourdeur de ses seins, le galbe de ses hanches ? Il ne les avait pas peints de mémoire, mais se les était imaginés, voilà ce qui la chavirait. Quelles émotions cet exercice avait-il suscitées ? Une pensée troublante d'une tout autre nature s'est alors faufilée dans son esprit : et si, au contraire, ce corps avait été rendu de mémoire ? À partir du souvenir de celui d'une autre femme, voire d'une épouse ? Cette idée a généré une douleur atroce qui lui a transpercé le cœur.

Dans un état de tourmente, elle s'est déshabillée complètement. Elle a eu le sentiment de se voir pour la première fois. Petit à petit, en comparant au sien le corps de la toile, elle a senti s'atténuer la douleur qui la transperçait. C'était bel et bien elle sur le tableau. Ce tableau exprimait la fleur et le fruit de leur amitié. Elle s'est promis de l'accrocher près de son lit de façon à voir, tous les matins en se réveillant, son corps tel qu'il l'avait vu. Elle a tenu l'œuvre contre sa poitrine, la pointe de ses seins pressée légèrement contre les reliefs. Elle a pris conscience de sa respiration et a senti sur sa peau la caresse de son souffle à lui. C'est à ce moment que sa main a frôlé l'enveloppe collée au dos du cadre.

Elle a déposé le tableau sur le lit et a fait glisser la lettre hors de l'enveloppe non scellée. C'était la dernière missive qu'il lui adresserait et la première qu'il lui avait écrite à la main.

« Veuillez pardonner mon silence. »

La voix ténue de l'homme a résonné dans sa tête.

« Vous devez vous douter du plaisir que j'ai éprouvé en recevant votre invitation. Mais vous ne pouvez pas savoir la douleur que j'ai également ressentie. Peut-être vous souvenez-vous de mon mutisme dans le train, lorsque vous m'avez demandé pourquoi j'étais allé à Toronto. J'étais allé consulter un médecin chinois réputé. Mon dernier espoir. Il venait de m'annoncer qu'il ne pouvait pas m'aider. Voilà pourquoi j'étais incapable de parler de *maintenant*. Mon maintenant est tellement fragile. Il sera bientôt terminé. Je suis certain que vous vous souvenez du moment où j'ai évoqué un sentiment d'appartenance à votre contact. J'étais sincère. Merci pour ce voyage remarquable. Merci de m'avoir offert mes derniers doux égarements. Depuis ce jour, j'ai tellement rêvé de vous. Même pendant les nuits sans sommeil, où la douleur est presque insupportable. Ce rêve est immortalisé dans mon tableau final. Je l'ai nommé *Mon petit monde de rêve*, si vous le permettez. »

Elle n'avait pas pleuré depuis longtemps. Pas comme ça. Elle a pleuré tout son saoul en relisant ses mots. Leur amitié venait d'éclore, elle ne savait à peu près rien de lui. Elle voulait apprendre à le connaître, découvrir s'il avait une famille, des enfants. Elle souhaitait comprendre pourquoi, à bord d'un train, un Auster en langue originale avait rencontré un Auster traduit. Il n'avait pas visité son petit monde, et elle aurait voulu découvrir s'il l'avait pénétré en rêve. Bien sûr, elle voulait surtout en savoir davantage sur son maintenant. À ce moment même, était-il encore en vie ? Continuait-il à rêver de son petit monde, là-bas, quelque part dans le vaste monde ?

Ce soir-là, elle s'est assise devant son ordinateur et a relu tous leurs échanges. Par sentimentalité, elle a téléchargé une carte de la Chine. Elle a repéré l'endroit qui avait été sa ville pendant dix ans, la ville la plus jeune de ce pays. En parcourant la description de cette cité, elle a découvert avec surprise qu'une centrale nucléaire y avait été construite avec le soutien de la France. Une autre recherche lui a appris que cette centrale cherchait à embaucher une personne avec des connaissances dans le domaine du nucléaire pour donner des cours d'anglais et de français à ses employés. Ce poste offert de l'autre côté de la planète lui est apparu comme ce siège vide dans le train. Elle a senti un appel puissant. Elle a affiché son *curriculum vitæ* sur son écran...

À sa descente de l'avion à Hong Kong, le sentiment d'avoir commis une grave erreur l'a envahie. Une humidité insupportable l'a frappée de plein fouet. Au milieu de la foule et à l'ombre des édifices aux hauteurs vertigineuses, elle s'est sentie déracinée pour la première fois de sa vie. Même sentiment dans le train qui la menait vers la Chine continentale. Elle n'était pas habituée à tant de visages pressés près du sien, à tant de visages asiatiques. Personne ne s'intéressait à elle, et elle n'avait aucune envie de parler à qui que ce soit. Elle a ressenti toute sa solitude et la fatigue de son périple en apercevant le flot de têtes au poste frontalier. Jamais elle n'avait été témoin d'une scène aussi mouvementée. Elle n'était qu'une fille de la campagne habituée à l'air pur et aux perspectives infinies. En faisant la file, elle s'est dit qu'elle ne tiendrait pas le coup, qu'elle n'irait pas jusqu'au bout de son contrat de deux ans.

Les pressions que la ville mettrait sur elle ne faisaient que commencer. Elle s'est trouvée inondée de demandes qui lui gobaient tout son temps. Personne ne pouvait croire qu'elle était la mère de deux grands enfants. Personne ne pouvait croire qu'elle était une campagnarde qui n'avait jamais vu le monde. Elle se rendait au travail à vélo. Les fins de semaine, elle courait et s'entraînait au bord de la mer. Enseignante dévouée, elle faisait preuve de patience avec ses élèves. Évidemment, sa taille élancée et ses yeux azur contribuaient à sa popularité, mais tout ce qu'elle représentait piquait la curiosité de la ville, et la curiosité la menait à formuler des demandes. Chaque jour ou presque, des connaissances, des collègues et même des étrangers l'invitaient pour le repas du soir, même si elle leur répétait qu'elle n'était pas friande des sorties au restaurant. De nombreux parents et professeurs l'avaient priée de donner des leçons particulières à leurs enfants et élèves en dehors des heures de cours. Une école de beaux-arts la convoitait comme modèle. Une chaîne de télévision l'avait suppliée de participer à l'une de ses émissions. Un club d'entraînement physique souhaitait qu'elle fasse des démonstrations d'exercices. Un promoteur immobilier frôlait le harcèlement en lui téléphonant sans cesse pour l'inviter à son domaine au bord de la mer, où elle pourrait lui donner des cours « particuliers ». Elle ne savait pas toujours comment gérer l'exigeante courtoisie de la Chine.

Elle en est venue à ne plus vouloir divulguer sa nationalité, car dès que les gens découvraient qu'elle était canadienne, ils lui demandaient si elle connaissait Bai Qiuen ou Dashan. Elle en était lasse. Elle avait entendu parler de Norman Bethune, ce chirurgien canadien connu des Chinois sous le nom de Bai Qiuen, mort en 1939 pour la cause de Mao et devenu célèbre pendant la Révolution culturelle. Mais ce n'est qu'après son arrivée dans cette ville qu'elle avait entendu parler de la vedette d'origine canadienne Mark Rowswell. Les Chinois l'appelaient Dashan ou « Grande montagne » à la suite d'un rôle qu'il avait tenu durant les années

1980 dans le feuilleton télévisé le plus populaire au pays. Bai Qiuen et Dashan la laissaient de glace. Celui qui l'avait amenée en Chine était Paul Auster, un écrivain américain dont personne ne lui parlait dans cette ville. Le connaissait-on seulement, ici ?

Ces demandes la faisaient languir de retrouver sa petite maison de ferme. Elle rêvait à son lieu sans prétention de l'autre côté de la terre, au rayon de sa bibliothèque consacrée à l'œuvre complète de Paul Auster, aux perspectives infinies qui s'étendaient au-delà de la fenêtre de sa cuisine, à la neige et au froid de l'hiver. Elle rêvait de la paix qui va de pair avec le bien-être.

À la centrale nucléaire, on a proposé de doubler son salaire. Mais elle a simplement répliqué, sans hésiter, qu'elle rentrait chez elle.

Avant de partir, elle a accepté de se prêter à un entretien télévisé. L'animateur lui a demandé pourquoi elle avait pris un emploi dans cette ville. Presque sans y penser, elle a expliqué que c'était « à cause de... ou plutôt grâce à un tableau ». Cette réponse a piqué la curiosité de l'animateur, qui s'est avancé au bout de sa chaise pour lui demander ensuite quel pouvait bien être le sujet de ce tableau, tout en enchaînant sans lui laisser le temps de répondre :

– Était-ce un paysage urbain ? Une scène de cette ville ?

– Non, c'était un portrait.

Cette réponse a accentué la curiosité de l'animateur.

– S'agissait-il du portrait d'une personne connue ou d'une personne ordinaire ?

– Juste d'une personne ordinaire.

– Comment un portrait de quelqu'un d'ordinaire a-t-il pu pousser une fille de la campagne canadienne à parcourir la moitié de la planète pour venir travailler dans la ville la plus jeune de Chine ? a-t-il dit en s'adressant directement aux téléspectateurs par l'œil de la caméra.

Elle a réfléchi un instant.

– En fait, ce n'était pas vraiment un portrait.

L'animateur a tourné les yeux vers elle.

– Alors, c'était quoi ?

La clarté éblouissante des lampes à la vapeur de mercure du studio l'a fait cligner des yeux.

– C'était un petit monde de rêve.

## Le père

Père s'est calmé peu à peu en revenant du cimetière. S'il n'avait pas insisté pour rester jusqu'à la fin de la cérémonie, nous n'aurions pas été témoins de son effondrement émotionnel. Notre entourage comprenait mal comment Père avait réussi à maîtriser son bouleversement tout au long de ces moments éprouvants. Au complexe funéraire, avant la crémation, il avait prononcé son dernier au revoir à la dépouille de ma mère. Mon oncle avait alors murmuré qu'il n'avait pas vu son beau-frère verser une seule larme depuis le décès de sa femme. « Son contrôle de lui-même m'éblouit », avait-il susurré en lui jetant un regard corrosif.

Mais lorsque nous avons déposé l'urne dans sa tombe, Père a été incapable de se contenir plus longtemps. Il s'est effondré en sanglots. Tout le monde s'est tourné vers lui. Mon oncle m'a adressé un sourire narquois, comme si cette déconfiture soudaine répondait au commentaire qu'il avait fait dans le complexe funéraire. Sans réagir à ses propos, j'ai entouré Père de mes bras en l'exhortant doucement à se retenir. Père a ignoré mes efforts pour le consoler, pleurant de plus belle et repoussant mes mains posées sur ses épaules. Il répétait à travers ses larmes que c'était lui qui aurait dû lancer la première couche de terre sur l'urne. Je l'ai donc aidé à ramasser une poignée d'humus et à la saupoudrer dans la fosse d'une main tremblante. Ensuite, ne sachant pas comment le réconforter, j'ai suivi la suggestion de mes proches et l'ai tranquillement guidé vers la voiture en le priant de maîtriser ses pleurs, car son émotivité mettait tout le monde mal à l'aise.

Père n'a rien dit pendant le trajet du retour. La tête contre la vitre, il observait le paysage comme s'il regardait défiler le passé. J'avais ajusté le rétroviseur afin de garder un œil sur lui et j'ai constaté avec soulagement qu'il semblait plus serein. Sa perte de contrôle avait peut-être créé de l'inconfort parmi les invités, mais j'étais d'avis qu'exprimer ainsi sa peine aurait un effet cathartique. Depuis le décès de Mère, personne ne l'avait vu verser une seule larme. Je ne voulais pas qu'il refoule sa douleur au plus profond de son cœur.

Avant que je ne gare la voiture, il a déclaré ne pas avoir besoin que je l'accompagne à l'étage. Je pouvais le déposer devant l'immeuble. Il savait que j'avais pris du retard dans mon travail. « Ne te soucie pas de moi, vas-y », a-t-il dit doucement. Mais après être descendu de l'auto, il m'a fait un signe de tête. Il voulait me dire quelque chose. Il a fait le tour de la voiture et s'est avancé jusqu'à la porte du conducteur. J'ai baissé la vitre. Dans un nouvel élan émotif, il a pris ma main gauche entre les siennes et l'a serrée fort. Il a dit qu'il souhaitait que mon grand frère et moi lui rendions visite le lendemain. « J'ai une chose importante à vous dire. » Je lui ai expliqué que pendant l'hospitalisation de Mère, la relation entre mon frère et moi était devenue très tendue. J'aurais aimé qu'il l'ait remarqué de lui-même pour éviter d'avoir à prononcer ces mots-là aujourd'hui. Mon grand frère avait toujours été facile à vivre et ne s'immisçait guère dans les affaires familiales. Mais en apprenant que Mère était condamnée, il avait radicalement changé d'attitude. Il était devenu pointilleux, donnant son opinion sur tous les détails de son traitement, puis de ses funérailles. Il s'était systématiquement opposé à chacune de mes propositions. Je ne croyais donc pas que grand frère accepterait son invitation à entendre la « chose importante » qu'il avait sur le cœur. Père a secoué la tête, désemparé. « Dire que nous avons été "famille modèle de la ville". Comment en sommes-nous arrivés là ? » Il semblait attribuer cette crise fraternelle au décès de Mère.

Le lendemain, à trois heures, je me suis précipité chez lui. Je n'avais pas particulièrement hâte d'entendre cette « chose importante », mais je ne voulais pas qu'il s'inquiète inutilement. Comme je l'avais prévu, mon frère ne s'est pas pointé. Père avait fait sa sieste et avait l'air beaucoup plus solide que la veille. Mais avant même que je ne m'assoie, il a commencé à se fustiger pour son émotivité au cimetière, qualifiant son manque de contrôle d'inacceptable et répétant qu'il avait ruiné la mise en terre de Mère. Je n'étais pas du tout d'accord et lui ai répondu que selon moi, c'était plutôt le contraire. En exprimant sans réserve ses sentiments, il avait couronné le service d'un moment vrai, d'un moment digne de sa vie. Père était d'avis que mon hommage à Mère avait été le point culminant de la cérémonie. Trois personnes avaient été invitées à témoigner. Le premier, un jeune homme ventripotent, responsable de l'unité de travail de Mère, ne l'avait jamais véritablement côtoyée puisqu'elle avait pris sa retraite quinze ans auparavant. Père m'a dit qu'il avait trouvé son hommage insipide et interminable. Trente minutes de termes comptables. En effet, il avait utilisé des chiffres pour illustrer que Mère, qui avait servi dans la même unité de travail tout au long de sa vie professionnelle, avait été un modèle de dévouement. Que pendant ses trente-deux années de service, elle ne s'était absentée que trois fois pour cause de maladie, et seulement une demi-journée chaque fois. Elle avait même écourté de cinq jours ses deux congés de maternité. L'auditoire avait hoché la tête d'admiration devant cette assiduité exemplaire.

Le témoignage de mon oncle n'avait pas davantage impressionné mon père. Il avait trouvé son allocution digne d'une composition de lycéen. Trop d'adjectifs, trop de bons sentiments, et trop peu de faits. Ce que mon père avait encore moins aimé, c'était qu'en plus de chanter les louanges de ma mère dans son rôle de grande sœur, il avait déclaré qu'elle avait été une bonne épouse et une mère dévouée. Père était d'avis que lui seul avait le droit de se prononcer sur ses qualités d'épouse, et que seuls ses enfants pouvaient témoigner de ses qualités maternelles.

Père avait préféré mon allocution aux deux premières. Il l'avait trouvée riche en nobles sentiments et généreuse en faits. J'y avais relaté notre dernière conversation avant sa mort. Elle n'avait rien perdu de son caractère, et s'était dite satisfaite de sa vie, principalement parce qu'elle avait un mari convenable et deux enfants qui prenaient au sérieux leurs devoirs filiaux. Elle m'avait enjoint à prendre soin de mon père. Elle s'était qualifiée de bourreau de travail, et de mère exécrable. Ce dernier mot avait fait rire un peu nerveusement l'auditoire. Elle avait déclaré que le mérite de « famille modèle de la ville » octroyé à notre famille à plusieurs reprises revenait à son époux pour ses efforts et ses sacrifices. Cette dernière phrase avait remué mon père. Il ignorait qu'à la fin de sa vie, Mère avait encore d'aussi bons sentiments envers lui.

Père n'avait jamais été bavard. Selon l'expression consacrée, il « connaissait sa place », et ce, dans toutes les sphères de sa vie. Chaque année, mes professeurs disaient qu'il était le papa qui discutait le moins lors des rencontres parents-enseignants. Sa loquacité de cet après-midi me prenait donc de court. De plus, il ne parlait jamais dans le dos des gens, et voilà que c'était exactement ce qu'il faisait. Sa nouvelle attitude me choquait un peu. Quand il a eu terminé de commenter mon témoignage, il m'a regardé et m'a demandé avec grand sérieux :

– Penses-tu vraiment que ta mère était si parfaite ?

C'est à cet instant seulement que j'ai compris que mon allocution n'avait pas complètement répondu aux attentes de Père.

– Elle avait ses petites failles, comme tout le monde, ai-je répondu.

– Par exemple ? a-t-il lancé, d'un ton toujours aussi sérieux.

– Disons... elle a été plutôt absente de la maison. Elle a elle-même avoué ne pas avoir été une mère exemplaire. Mais elle n'est plus avec nous maintenant, alors à quoi bon ressasser ces souvenirs ?

– Certaines choses ne peuvent être dites que lorsque quelqu'un nous a quittés, a ajouté mon père sans modifier son attitude.

J'étais déjà surpris par ses propos, mais voilà que j'en étais alarmé. Cette fameuse « chose importante » qu'il souhaitait me dire gagnerait-elle à ne pas être dévoilée ?

Mon père a continué en changeant un peu son fusil d'épaule.

– Je ne vous ai frappés qu'une seule fois, ton frère et toi. Est-ce que tu t'en souviens ?

Bien sûr, que je m'en souvenais. C'était arrivé pendant les vacances scolaires de mes neuf ans. C'était un jeudi après-midi. Mon frère m'avait demandé nerveusement de l'accompagner pour une baignade. Il allait avoir treize ans quelques jours plus tard. Je savais d'où provenait ce désir soudain de se jeter à l'eau: l'un de ses camarades de classe, en l'occurrence son ennemi juré, avait déclaré que ceux qui ne s'étaient jamais baignés avant treize ans souffraient invariablement d'un retard de croissance irrémédiable. Mon frère ne m'invitait pas à me baigner avec lui, c'était même impératif que je ne me mouille pas. Je devais demeurer sur la berge et crier à l'aide s'il lui arrivait malheur. Je comprenais parfaitement sa fébrilité devant cette aventure, car dans notre famille, nager était interdit, je dirais même que c'était tabou. Nous ne pouvions même pas prononcer les mots « baignade » ou « natation ». Mon père nous rabâchait sans cesse que nager était dangereux et que lui-même n'avait jamais songé à apprendre. J'avais accepté d'accompagner mon frère par curiosité et pour veiller à sa sécurité, à une condition: il devait gérer la crise de Père si ce dernier découvrait la vérité. Si Père apprenait que nous nous étions baignés, nous passerions un mauvais quart d'heure... Mon frère m'avait donné sa parole que Père ne le saurait jamais. Nous avions parcouru le trajet vers l'étang avec son vélo, moi assis sur le garde-boue arrière. Le vaste étang en bordure de notre ville dormait derrière l'hôpital psychiatrique. Mon frère avait descendu en tremblant les pierres qui menaient au plan d'eau. Deux débuts de phrases qui annonçaient une apocalypse jouaient en boucle dans ma tête alors qu'il hésitait devant la surface plane de l'étang : « Si Père apprend la vérité... » et « Si quelque chose arrive à grand frère... » Finalement, il avait pris son courage à deux mains et m'avait crié de détourner mon regard. Lorsqu'il avait lancé « C'est bon ! » il pataugeait dans l'eau jusqu'au cou et son short traînait sur une pierre visqueuse. Je ne sais pas pendant combien de minutes il a barboté. J'étais trop inquiet pour avoir conscience du temps. Inquiet pour lui et inquiet pour moi, avec ces deux phrases en « si » qui tournaient en boucle dans mon esprit comme le refrain d'une chanson prophétique. Mon frère était déprimé sur le chemin du retour. Il disait que nager était trop difficile, que jamais il n'y parviendrait... Je me souvenais très bien de toute cette scène.

Mais celle qui allait suivre était encore plus profondément ancrée dans ma mémoire.

Père était rentré plus tôt du travail parce qu'il avait appris que nous étions sortis dans l'après-midi. Dès qu'il avait franchi le pas de la porte, il s'était dirigé vers la penderie et avait décroché de son clou le plumeau de ma mère – une « arme » qu'elle utilisait pour nous punir. Père avait toujours été beaucoup plus patient qu'elle. Il n'avait jamais utilisé de violence pour nous discipliner. Évidemment, sa menace d'une punition physique nous avait estomaqués. Père nous avait ordonné de nous mettre debout devant lui. En mode interrogatoire, il avait sommé mon frère de lui dire où il m'avait emmené sur son vélo. Mon frère avait récité l'explication préparée : nous avions rendu visite à un camarade de classe près de l'hôpital psychiatrique. Malheureusement pour nous, sur le chemin du retour, nous avions croisé l'un de ses confrères de l'unité de travail. C'était lui qui nous avait dénoncés. Père s'était tourné vers moi et m'avait regardé droit dans les yeux. Je m'étais mis à trembler de la tête aux pieds, certain que mes pires appréhensions au sujet des phrases en « si » étaient sur le point de se réaliser. Incapable de me contrôler, j'avais hoché la tête pour confirmer l'histoire de mon frère. Père avait soudainement perdu le nord. Il avait d'abord frappé mon bras avec le plumeau, puis le dos de mon frère, encore et encore. Il était déchaîné. Jamais nous ne l'avions vu dans un tel état de colère, c'était franchement incompréhensible. Nous étions sains et saufs, nous n'avions pas porté atteinte à l'honneur paternel et n'avions violé aucune loi. En frappant mon frère, il hurlait que nous avions enfreint le règlement familial qui interdisait la natation, il hurlait que nous lui avions menti. En se protégeant la tête avec les mains, mon frère citait le *Petit livre rouge* en disant que Père n'avait pas cherché la vérité dans les faits, et que « celui qui ne fait pas enquête, n'a pas le droit de parler ». En réaction, Père avait prononcé une phrase d'une voix tellement étranglée que nous doutions de l'avoir comprise. Après encore quelques violents coups de plumeau à mon frère, il avait abandonné l'arme pour aller s'isoler dans sa chambre à coucher.

– Qu'est-ce que j'ai dit, ce jour-là ? m'a demandé mon père, me sortant de mes réminiscences.

Il était curieux de savoir ce que nous avions retenu de cette correction, car il n'avait certainement pas oublié les mots étranges qu'il avait prononcés, plumeau à la main.

– Vous avez dit que vous aviez « senti la mort sur nous », que vous aviez mené l'enquête avec votre nez, que vous suiviez les préceptes du Grand Timonier.

Mon père a eu un rire ironique, comme s'il se moquait de ses propres paroles.

J'ai ajouté que mon frère et moi avions souvent discuté de cet événement par la suite. Nous n'avions jamais compris en quoi notre escapade de natation avait pu provoquer ces paroles terrifiantes.

– C'est ce dont je veux te parler maintenant, a-t-il déclaré en se calant dans son fauteuil.

Son ton laissait présager l'importance de l'explication à venir. Je me penchai un peu par en avant, comme pour me rapprocher de ses souvenirs. Je me disais que sa révélation pourrait déclencher une réaction en chaîne et affecter notre relation. J'ai profité de ses quelques instants de recueillement pour graver dans mon esprit à tout jamais une image de lui avant ses aveux.

– Je n'ai pas toujours été une personne qui, comme votre mère se plaisait à le dire, « connaissait sa place ». Jeune, j'étais enjoué et bavard. Mais mon caractère a changé quelques jours après notre mariage. En vérité, votre mère est tombée amoureuse de moi à cause de ma nature extravertie, tout comme bien d'autres filles, d'ailleurs.

Ma mère m'avait souvent confié en catimini que de nombreuses filles avaient idolâtré notre père et qu'il avait été champion universitaire au cent dix mètres haies.

– Mère nous en a glissé quelques mots, lui ai-je vaguement répondu, ne voulant pas trahir une confidence de Mère.

– Mais je parie que tu ne sais pas que je faisais partie de l'équipe de natation à l'université, a déclaré Père. La course est venue plus tard, parce que le directeur du programme d'athlétisme était d'avis que je pourrais être plus utile à l'école sur la piste que dans la piscine.

J'étais stupéfait.

– N'as-tu pas toujours chanté sur tous les tons que tu détestais la seule idée de nager ?

Il a ignoré ma question et a continué son histoire.

– À dix-sept ans, j'ai participé à une compétition municipale de natation. Je suis arrivé cinquième au cent mètres nage libre.

J'avais du mal à accepter ce portrait d'un père diamétralement opposé à celui que j'avais toujours connu. C'était aussi difficile à accepter que le décès de Mère. On aurait dit que mon édifice familial s'écroulait, que ma vie s'était transformée en farce monumentale.

– Comment pouvez-vous me dire une chose pareille ? ai-je lâché, vexé. Nous n'avions même pas le droit de dire le mot « natation » à la maison !

Mon père a poursuivi sans s'énerver, sachant très bien qu'il livrerait bientôt toutes les réponses à mes questions.

– Les choses ont pris une autre tournure le midi de ce jour-là, le cinquième de notre vie de mariés. Nous étions en lune de miel dans la ville natale de ta mère. Elle m'avait emmené voir ce fameux réservoir, et nous nous étions promenés sur le chemin qui le bordait. Ta mère me racontait des anecdotes de son enfance. L'une de ses institutrices de l'école primaire avait épousé un héros de guerre. Son père avait été mordu par un serpent venimeux en pêchant le poisson-boue et, pour se sauver, il avait arraché toute la chair autour de la blessure avec son hameçon. Et quand le facteur découvrait que son père n'était pas à la maison, il discutait longuement avec sa mère, comme s'il en avait toujours plus long à lui dire en son absence. Le paysage, l'eau et les merveilleuses histoires de ta mère avaient inondé mon cœur de chaleur. Je me disais que la vie à la campagne devait être simple et agréable, et que l'existence dans le bon vieux temps devait être tellement moins compliquée. Un bienheureux sentiment d'appartenance s'était répandu dans tout mon être. Une émotion encore plus puissante que celle que j'avais ressentie lors de ma nuit de noces en serrant ta mère contre moi avant de m'endormir. Là, près du réservoir, je n'ai pas pu m'en empêcher, j'ai saisi sa main. Tu sais probablement qu'à cette époque, pour un couple, se tenir par la main en public était considéré comme grossier. C'était de mauvais goût, un comportement de petit-bourgeois. Mais à ce moment précis, j'ai senti que lui prendre la main était la chose la plus naturelle du monde et que ta mère partageait le même élan.

Père et Mère n'avaient jamais démontré leur amour l'un pour l'autre devant nous. Je ne pouvais pas les imaginer marcher main dans la main.

– Tu vois, fils, cette sensation a fait jaillir en moi un intense désir d'intimité. Ressentir une telle envie en plein jour était hors normes, comme si j'enfreignais une loi. En ces années-là, le désir n'était pas seulement indigne de nos cœurs nobles, mais sale également. C'était pour les voyous. Mais je ne pouvais pas me contenir. Je me suis retourné, je l'ai prise dans mes bras et j'ai pressé mes lèvres contre les siennes. C'est à ce moment précis que le malheur a frappé. Juste à cet instant, nous avons entendu les cris de quelqu'un qui appelait à l'aide. Ces cris, je les entends encore aujourd'hui. Ils provenaient de deux enfants sur la berge, non loin de l'endroit où nous nous étreignions. Un troisième garçon luttait pour garder la tête au-dessus des eaux troubles du réservoir, à environ cent cinquante mètres de la rive. En moins d'une minute de nage, je me trouverais à ses côtés. Je me suis détourné de ta mère et me suis préparé à plonger.

Mon père fixait maintenant le vide au-dessus de ma tête, comme s'il y était encore, comme s'il cherchait à repérer à nouveau l'enfant à secourir. J'attendais la scène héroïque avec une impatience à peine contenue.

– La réaction de ta mère m'a surpris. Elle m'a saisi le bras. Elle ne voulait pas que je plonge à la rescousse du garçon. « Qu'adviendra-t-il de moi, si tu te noies ? » m'a-t-elle demandé sur un ton de panique.

Père a secoué les épaules comme pour se libérer de l'emprise du fantôme de Mère. Il m'a expliqué.

– Elle savait que rien ne pouvait m'arriver. J'étais un excellent nageur, j'avais même passé mon brevet de sauveteur. Je courais très peu de risques. Mais si je ne me décidais pas dans l'instant, l'enfant qui se débattait dans l'eau allait certainement se noyer. Je me suis dégagé de l'étreinte de ta mère...

Son récit m'électrisait. Je peinais à contenir mon impatience de savoir la fin de l'histoire.

– Mais avant que je puisse faire un pas, elle s'est jetée à genoux et a encerclé mes jambes de ses bras, en criant : « Tu es tellement irresponsable. Nous ne sommes mariés que depuis cinq jours et déjà tu m'abandonnes. » Et puis elle s'est mise à frapper son front contre le sol, comme quelqu'un à l'agonie ou qui ne souhaite plus vivre. C'était surréel.

J'étais soufflé. Impossible de relier la jeune épouse de cette histoire avec la mère que j'avais connue.

– Les appels à l'aide étaient en train de me rendre fou, a ajouté mon père. Je la suppliais de me lâcher, de me laisser y aller. Je criais que c'était mon devoir de sauver cet enfant. À mon grand étonnement, elle s'est soudainement résignée. Elle s'est levée, a brossé la poussière de son pantalon et a dit, avec un calme glacial : « Je ne vais pas t'arrêter. Je ne te barrerai pas le chemin. Si tu penses que cet étranger dans le réservoir est plus important que ta propre femme, alors vas-y. » Ce n'était évidemment pas un changement d'attitude, mais un chantage qui me propulsait dans une sorte d'enfer. Si je plongeais pour sauver ce garçon, je sacrifiais probablement notre mariage. Je tremblais comme une feuille. Je me sentais faible et lâche. Le courage et l'énergie pour agir me manquaient. Ta mère a continué avec sa psychologie inversée : « Vas-y » et « Que tu te soucies de moi ou non est sans importance. » Son calme, ou devrais-je dire sa froideur, m'a horrifié. Je me suis soudainement fermé émotionnellement.

Mon père a reniflé, puis a croisé les jambes pour me signaler que le grand changement dans sa personnalité était survenu à ce point de l'histoire.

– Quand j'ai retrouvé mes esprits, ta mère était déjà loin. J'ai jeté un coup d'œil du côté du réservoir, les deux enfants appelaient à l'aide de plus belle. La crainte de mon mariage ruiné me paralysait. Finalement, j'ai suivi ma femme.

Cette conclusion dramatique m'a bouleversé. J'ignorais comment consoler mon père, et encore moins comment me consoler moi-même.

– Comment ai-je fait pour passer à travers cette nuit ? Ça a été la première nuit blanche de mon mariage, celle où j'ai perdu toute confiance en moi-même. Ta mère n'avait pas pipé sur le chemin du retour. Elle avait même refusé de me parler en arrivant à la maison. Elle m'avait ignoré toute la soirée. Toute la nuit, j'ai été secoué par le ton calculateur et indifférent de ta mère en contrepoint de ces voix qui appelaient à l'aide. Après seulement cinq jours, le mariage avait déjà donné naissance à une honte incommensurable que je traînerais désormais avec moi. En seulement cinq jours, mon mariage m'avait empli d'effroi.

Les mots de mon père me renvoyaient à l'enterrement de Mère. Il aurait dû livrer la dernière allocution. Son témoignage aurait été une grande finale.

– Le lendemain, à l'aube, je suis retourné seul au réservoir. À peine douze heures auparavant, j'y avais vécu une puissante attirance pour ta mère, mais après cette première nuit blanche de mariage, elle resterait pour toujours une étrangère. J'ai fixé la surface placide de l'eau et j'ai ressenti une envie folle d'y entrer. À peine avais-je de l'eau aux genoux qu'un agriculteur transportant un chargement de fumier est passé sur le chemin. Il m'a crié d'être prudent, que la mare était très profonde au milieu et que des personnes s'y noyaient chaque année. « Juste hier, un élève du lycée y a trouvé la mort. »

Je n'ai pas pu m'empêcher de calculer mentalement que si mon père l'avait sauvé, cet enfant aurait atteint l'âge de la retraite.

– On dit que chacun d'entre nous vit une expérience qui change le cours de son existence. Eh bien, pour moi, c'est celle-là. À partir de ce moment, je me suis en quelque sorte effacé. Je suis devenu quelqu'un qui « connaissait sa place », et j'ai pris à ma charge presque toutes les tâches domestiques. Votre mère s'est investie dans son travail et n'a plus jamais parlé de cet épisode. Si elle n'était pas décédée avant moi, cette histoire aurait été enterrée avec elle. Je ne sais pas en quoi ça vous concerne, ton frère et toi, ni si vous aviez à le savoir.

J'ai réfléchi aux questionnements de mon père. Même si ces événements étaient survenus avant notre naissance, avant notre conception, ils nous affectaient directement. Ils avaient non seulement compliqué notre venue dans ce monde, mais ils avaient eu un impact sur toute notre jeunesse en façonnant le climat familial et ses interdits.

– Au cimetière, chacun s'est fait son idée au sujet de ma perte de contrôle. Mais personne ne sait que je ne pleurais pas votre mère, mais quelqu'un d'autre... un jeune garçon mort depuis près de cinquante ans. Je crois que c'est lui que votre mère rencontrera en premier dans l'au-delà. Je pense qu'il lui a déjà pardonné. Je pense qu'ils sont des âmes sœurs.

Quant à lui, Père n'avait pas pardonné à Mère. J'en étais certain. Sinon, pourquoi me raconterait-il un événement qui avait couvert son mariage de honte ? Je ne sais pas si pendant toutes ces années, il avait considéré que sa femme lui avait peut-être sauvé la vie en le retenant. Je n'osais pas le lui demander.

– Maintenant, vous savez pourquoi je vous ai tant protégés, pourquoi je vous avais toujours à l'œil. En nous mariant, ta mère et moi nous sommes liés avec la mort. J'ai passé chaque instant à m'inquiéter de la dette karmique. Je crois que ce n'est pas pour rien qu'elle est décédée avant moi. Ça fait partie de votre destin de savoir ce qui s'est passé ce jour-là, afin que vous puissiez veiller sur les générations futures.

J'ai donné deux mouchoirs à mon père. Il a levé sur moi ses yeux emplis de larmes, mais ne les a pas essuyés.

– En vérité, on peut émettre plusieurs hypothèses au sujet de l'incident. L'hypothèse à laquelle j'ai le plus souvent réfléchi est la suivante : si j'avais sauvé cet enfant et que rien ne m'était arrivé, ta mère n'aurait peut-être pas mis sa menace à exécution et ne m'aurait pas demandé le divorce. Elle m'aurait peut-être rapidement pardonné de l'avoir abandonnée le temps d'accomplir mon devoir, et ton frère et toi auriez vu le jour. Une autre hypothèse est que votre mère serait restée distante, comme le soir de l'accident. Si tel avait été le cas, je ne suis pas certain que notre mariage aurait tenu le coup. Mais dans les faits, le deuxième soir, son attitude envers moi a complètement changé de manière imprévue. Dès que je me suis couché à côté d'elle, elle m'a supplié de la serrer contre moi. Mon cœur battait à tout rompre. Je pensais que mon cœur et ma conscience m'empêcheraient de répondre à sa demande, puisque cela indiquerait que le sentiment d'éloignement que j'avais ressenti s'était dissipé. Pour moi, ce serait comme franchir la ligne entre la vie et la mort. Jamais je n'aurais pensé que je traverserais cette ligne aussi calmement. Je me suis tourné vers elle et j'ai posé délicatement ma main sur sa hanche. Elle a touché mon nez avec son index. « J'étais certaine que tu ne me quitterais pas », a-t-elle dit avec chaleur, la voix étranglée par l'émotion.

J'ai fait signe à mon père d'essuyer les larmes qui ruisselaient le long de ses joues.

– Hier, en revenant du cimetière, je réfléchissais à une autre hypothèse, à un autre « si ». Si je n'avais pas traversé cette ligne, si j'avais été réticent à franchir ce seuil, si j'avais brutalement repoussé sa main amoureuse, que serait-il arrivé ?

J'ai posé ma main sur le genou de mon père. Je voulais lui dire que Mère n'était plus parmi nous, qu'ils étaient pour toujours séparés par cette ligne, par cette frontière brutale, que c'était terminé, que ce n'était plus la peine d'y penser et encore moins d'en parler.

# Table des matières

Achevé d'imprimer sur les presses
de Marquis-Gagné
à Louiseville, Québec, Canada.
Troisième trimestre 2017